Takumi & Hajime
「お兄さんはカテキョ」

面と向かって嫌いと言ったのが気に食わなかったのか、
香山の抱く手が急に荒っぽく強引になったような気がした。

「俺、ヤラれる方じゃなくて……ヤル方が……っ」

「ヤラれても平気なら、ヤルのなんてどうってことないだろうが」

「なに……そのこじつけっ」

「嫌いな俺にヤラれて感じるなら、好きな男となら天国だ」

（本文P.168より）

お兄さんはカテキョ

池戸裕子

キャラ文庫

この作品はフィクションです。
実在の人物・団体・事件などにはいっさい関係ありません。

目次

お兄さんはカテキョ

口絵・本文イラスト／汞りょう

●○●

すれ違いざま、玉置《たまき》が誰かとぶつかった。

「ってーな！」

スゴんで文句を言った彼につられて元《はじめ》がヒョイと覗《のぞ》き込むと、

「ごっ、ごめんなさいっ」

中学生らしき小柄な後ろ姿が、コートの裾《すそ》を翻しダッシュで逃げて行くところだった。

「なんだ、あれ」

思わず吹き出しそうになってしまったのは、本人、全力で駆けているつもりだろうが、全然足がついていっていなかったからだ。

柔らかそうな髪が、雛鳥《ひなどり》の産毛みたいにぽわぽわ揺れている。ペンギンを思い出した。ヨタつく危なっかしい足もとに、頭を撫《な》でくり回したいような愛嬌《あいきょう》がある。

「これから走りに行くんだよ。来るだろ？　たまにはお前もさ」

全身黒で固めた玉置が、バイクのグリップを握る真似《まね》をした。お気に入りの銀色のピアスが、日本人にはもったいない鷲鼻《わしばな》の右側で輝いている。

「バイトあるんで――すいません」

制服姿の元はブレザーの背を丸め、マフラーに顎《あご》を埋めるようにして、五つ年上の友人に謝った。

「年始めって、けっこー忙しいんスよ。でも、その分、時給も上げてもらえるし。稼ぎ時っちゃ稼ぎ時なんで」

高校に入ってからずっと、元のバイト先は社員が二十人もいない小さな運送会社だ。常に人手が足りないので、荷物の仕分けから配送準備、時には積み込みの手伝いまで。時間いっぱいきっちりしっかり、文字どおりコキ使われる。ここ一週間は掟破《おきてやぶ》りの残業まであったりして、御歳暮シーズンは終わっても年始の挨拶《あいさつ》代わりに物をやりとりする人間が案外多いのだと、チーフのおっさんが言い訳がましく説明していた。

ちなみに引っ越し会社のフリースタッフとして登録もしているので、土日も大抵家にいない。

「あと一年で卒業だろ？　そしたら、俺を頼れよ。店長紹介してやっから」

買い物客で混雑する、夕方のアーケード街のド真ん中。立ち話をする見るからに血の気が多くて生きのよさそうな二人を、行き交う者たちは皆避けて通る。

「何なら今からでもいいぞ。年なんかサバ読みゃあいいんだよ。ほかにもそういうやつ知ってるし。荷物担ぐより面倒でキツいとこもあるけど、確実に儲《もう》かるぜ」

「そりゃそうでしょうけど……。ムリっしょ、ホストは。俺なんかに」

はあ？　と、玉置は眉《まゆ》を上げた。

「厭味《いやみ》か、そりゃ」

「あ……」

顔だけ突き出し、下から上へ。舐《な》めるように視線を動かすその仕種《しぐさ》が、柄の悪さに拍車をかける。こめかみに浮いた青筋は、キレる一歩手前の赤信号だ。

ヤバイ。

少々女受けする顔の造りも、背の高さも足の長さも。ルックスにおいては自分の方が高スペックだという自覚は元にもあったが、玉置がそこまで気にしているとは思わなかった。

凶器になりそうな先の尖《とが》った靴を履いた足が、イライラと貧乏ゆすりを始めた。

「じゃあ……、そん時はお願いします」

とりあえず頭を下げる。

「次はつき合えよ」

「バイトが無い日なら」

「いくら親を助けるためったって、たまには息抜きも必要だろーが！」

もう一度、次はつき合えと命令口調で言い渡すと、玉置は肩を怒らせ無駄に周囲にガンを飛ばしながら行ってしまった。

息抜きも必要だ——などと友達思いの台詞《せりふ》を吐くその口で、金を貸してくれ、必ず返すからと平気で嘘のつける男だ。少しでも気に入らないことがあるとさっきみたいにこめかみをヒクつかせ、すぐにキレる。そのうえホストと言っても、店は三流。やくざの知り合いもいるらしい、立派なチンピラ予備軍だ。

だが一方、先輩風を吹かせるのが楽しいのかやけに面倒見のいいところもあって、何より同じバイク好き。学校の友達とは外せない羽目も外せる遊び相手として気が合うので、元は自分なりに距離を置きつつ、うまくやっているつもりだった。端目《はため》には、同類にしか見えないのかもしれないが。

自分たちに怯《おび》えて必死に逃げて行った中坊の哀れな後ろ姿を、元は思い出していた。

教師たちのブラックリストに載る程度に素行は悪いが、道を踏み外すことなくギリギリのところで踏み止まっている。いや、止まらなくてはやっていけない生活なのだ。

腕時計を覗く。

「やべっ」

にわかに険しい顔つきになった元を、たった今すれ違ったおばちゃんがビクリと震えてあからさまに避けた。

彼女もまさか思いもしないだろう。喧嘩《けんか》の応援にでも駆けつける勢いでいきなり走り出した元の行き先が、夕方のタイムセールでごったがえすスーパーだとは。

「大根！　鶏肉！　鍋《なべ》！」

冷たい向かい風に、鼻の頭が赤くなる。

バイトの前に、元にはもうひと仕事あった。

四人の可愛い弟たちが腹をすかせて待っている。


内海《うつみ》元、十七歳。

誰にも内緒だが、学校ではちょっと浮きぎみ、他称『不良少年』の一日は、自宅の狭い台所からスタートする。

今日も今日とて二人も立てばいっぱいになってしまうその場所で、朝食の支度に続いて弁当の仕上げにかかっていた元は、

「あっ」

ミニトマトを摘《つま》んだ手を突然止めた。

「そういうことかよ」

一人で納得している。

「なに？　お兄ちゃん？」

元の視線が自分に注がれているのを感じて、美里《みさと》が聞いた。

「わかったって、なんのこと?」

顔はこちらに向けず、真剣な表情でガス台に向かっている。

「学校でさ。最近、気になるやつがいるんだけど」

「う……ん」

「そいつ、誰かに似てて。それが誰だかずっと思い出せなかったんだけど、今閃《ひらめ》いた」

「へえ……」

質問はしたものの、美里の気持ちは鍋の味噌《みそ》汁へ。眉間《みけん》にじっと皺《しわ》を寄せ、碗《わん》と玉杓子《たまじゃくし》のバランスに面白いほど集中している。何をするにもおっかなびっくり、慎重で臆病《おくびょう》な性格は、あと一年で小学校を卒業という年になっても変わらない。

五人分の碗を盆に載せ、美里がそろりそろりと台所を出て行くと、入れ代わりに光司《こうじ》が入ってきた。

「いいとこ来た。ホイ、昼飯」

ランチクロスといっしょに出来上がった弁当を渡すと、光司は眼鏡《めがね》を押し上げ、中学生にしては大人びた落ち着きのある声でいつものようにありがとうと礼を言った。

「当分、朝補習あんだよな?」

「うん」

「飯、しっかり食ってけよ。脳味噌ガス欠しねぇように」

光司の着ている制服は当然のごとく元のお下がりだが、日頃メンテナンスに怠りないせいか、シミもてかりも不思議と目立たない。

真っ白なシャツ。少しの歪《ゆが》みもなく、きっちりと結ばれたネクタイ。兄弟一成績のいい光司の、聡明な顔立ちがいっそう際立つ。だらしがないとしょっちゅう教師に注意されている兄とは、大違いだ。

「兄ちゃん」

「んー？」

「春から三年だし。もう弁当ぐらい自分で作るよ」

「三年だから、だろ？　弁当作ってるヒマあったら、受験生は単語のイッコでも覚えとけ」

「そうだけど……」

ふっと視線を落とした弟が何を言いたいのか察した元は、先回りして答えた。

「俺は高校出たら働く。長男なんだから当然だ」

「長男とか……、関係ないよ。もし、兄ちゃんが上に進みたいなら――」

「別にねーし。やりたいこと」

ないと言い切ってしまって元の胸はちょっぴり疼《うず》いたが、しかたがない。たとえやりたいことがあったとしても、四年前に父親という一家の大黒柱を失ってしまった六人家族の長男に、今はまだ夢を語る贅沢《ぜいたく》は許されない。

「ぶっちゃけ金もないし、お前みたいな頭もねぇしな」

しかし、自分が働けば、弟たちは上の学校に行かせてやれるかもしれない。

そのためにはとにかく金を貯めることだった。

元は、卒業後はあえて正社員で就職はしないつもりだった。フリーターになって、できる限り多くのバイトを掛け持ちしようと決めている。

子供がたくさん欲しかったという父親は、初めての子供に元と名前を付けた。光司は二番目、美里は三番目だ。さらにその下に小二のヤンチャ坊主と泣き虫の保育園児がいる。

「シローちゃんが、僕のおかず取ったあ」

「ウインナぐらいで泣くな、バカ！」

「バカって言ったあ」

「バーカバカバカバカ、バカショーゴ！」

朝からなんでも取りっこして喧嘩ばかりしている四男の士郎《しろう》と末っ子の省吾《しょうご》にしっかり食事をさせるのも、元の仕事だ。

「二人ともずっとやってろ。俺が代わりに食ってやるから」

「あっ！　返せよ、ハジメ！　それ俺のっ！」

「ハジメちゃん、ずるいよ～」

GREYSTONE
COLUMBIA
54
UNIVERSITY

毎回大騒ぎして上の三人を送り出したら、省吾を連れて元も家を出る。

大家の厚意で安く借りている二階家は、下に二間、上に二間あるだけの、築ン十年というボロ家だ。古くからあるアーケード街の裏手の、道二本入った突き当たりにあって、隣には大家夫婦が経営する小さなバーが看板を出している。

元の母は早朝出勤で午前中は仕出し屋、昼から夕方にかけては駅前のスーパーで働き、夜は隣のバーを手伝っている。男ばかり五人、食べ盛り伸び盛りの息子たちをこの先立派に育て上げるために。

何年も酷使されているママチャリは、二台。寒いようと甘ったれた声でぐずっている省吾をさっさとそのうちの一台に乗せ、バイク気分で急発進。八分ジャストで保育園に到着。

「ショーゴのお兄ちゃん！」

「お兄ちゃん！」

なぜか元を見ると全力でしがみついてくる園児たちといっしょになって騒ぐこと、さらに十五分。本当は三十分でも一時間でも相手をしていたいところだが、そうもいかない。嫌々自分の通う高校に向け元がペダルを踏む頃には、授業開始までろくに時間が残っていなかった。

——今日はいねーな。

遅刻常習犯には、今さら焦る理由がない。生徒の影もほぼ途絶えた通学路を、元はのんびり自転車を漕いでいた。

サドルから尻《しり》を浮かせ、伸び上がって道の向こうを捜す。美里にも話した最近気になる相手をほぼ毎朝このあたりで追い越すのだが、今日は姿がなかった。

同じ高校の男子生徒だった。

大抵は、やけに力の無い足取りでトボトボと歩いていた。

うつむき加減の後ろ姿。手足を引っ込めジッとしている亀みたいに、丸く小さく硬くなった背中。どっかで見たなあ、誰かに似ているとやたらと気になっていたのだが、今朝、謎が解けた。

(そっくりなんだよな、美里に)

それも小学校に上がったばかりの頃の美里に。

だから、気になってしかたがなかったのだ。

顔かたちが似ているわけではない。もともと引っ込み思案で恥ずかしがり屋の弟は、新しい環境になかなか馴染《なじ》めず学校に行くのを嫌がった。元や光司が気にかけ毎日話し相手になって何とか笑顔を取り戻すまで、あんなふうに寂しそうな後ろ姿を見せ、毎朝トボトボ家を出て行った。

途中、横道に逸《そ》れて公園に向かう。自転車を停《と》めるためだ。後ろにアニメキャラ付きのシートを乗っけたチャリでは、さすがに恥ずかしい。ちょっとコワイ人で通っている内海元のイメージ、ぶち壊しだろうということで。

公園には児童館や運動場も併設されていて、この時間、広い駐輪場はまだガラ空きだった。元は入り口に近い、出し入れし易《やす》いいつもの場所に愛車を突っ込むと、制服の上着のポケットを探った。

ごくたまーに煙草《たばこ》を吸う。学校で見つかるとまずいので、一服したらライターといっしょに自転車の前カゴに放り込んでおく。

「あ?」

道路に面した植え込みに、紺色のコートを着た少年が座っているのに気がついた。何度も追い越すうち、いつの間にか見慣れてしまった背中をこちらに向けて。

時間を確かめる。一時間目は完全にアウトだろう。遅刻か、それとも今日はこのまま休むつもりなのか。自分は遅刻もサボりも平気なくせに、元はやはり気になった。

肩が大きく上下するのが見えた。

あれだけでっかいため息をつくからには、悩みでもあるのだろうか? 美里の場合、ようやくできた友達と喧嘩をして長引いていた時は、ちょうどあんなふうに沈み込んでいた。

気がつけば元は銜《くわ》えかけた煙草をポケットに戻し、彼に向かって歩き出していた。

「なあ」

呼ばれて振り向いたとたん、なぜか彼は「あっ」と声を上げた。

大きな瞳が印象的だ。

零《こぼ》れ落ちそうに丸く見開かれた目が、瞬きを忘れている。

「待てよ！」

コートのフードを捕まえる。

「なんで逃げんだよ!?」

元より頭ひとつ低い少年は、耳をつかまれ吊《つ》るされた哀れなウサギのように手足をバタつかせた。

「離して！　殴らないで！」

「はあ?」

「内海元は喧嘩の四天王で、気に入らないやつは殴って潰《つぶ》すんでしょ！」

「なに、その不良漫画設定？　しかも、時代古すぎだろ？　っつーか、俺が四天王ならあとの三人は誰よ?」

「この前見たよ！　怖い顔して昼休みに四人で作戦会議してるとこ！　牛乳で乾杯してた！」

「牛乳って、おまー」

目つきが悪いのは認めるけど、誰が見たって飯食ってただけだろ?　怒るどころか反対に吹き出しそうになった元の隙《すき》をついて、少年は逃げ出した。

「お前、何年!?」

「一年!」

「名前は!」

「香山《かやま》! 香山勇気《ゆうき》です!」

「デス、じゃね～だろ」

逃げながらも一生懸命答えるところが、また、面白かった。

「お?」

あの、いかにも運動音痴を地で行くようなヨタヨタとした足もとのおぼつかない走り方には、確かに見覚えがあった。

●○●

漫画にでも出てきそうな、絵に描いたような不良というのはもはや絶滅寸前なわけで。それでも周囲が距離を置きたがる生徒はこの学校にも一定数いて、元もそんなグループの一人だった。

なんとなく怖そう。なんとなくウザそう。なんとなくワルそう。

人ははっきりした理由もなく、なんとなくそう感じるだけで作ってしまった壁を、そう簡単には取り払わない。

しかし――香山勇気の場合は違った。

『どうしたら仲のいい友達ってできるのかなあ？　別にシカトされてるわけじゃないんだよ。話しかければみんなちゃんと答えてくれるんだけど……、なんでかな。色んなことをいっしょに楽しむ友達はまだできないんだ。入学して一年も経つのにね』

思いもかけない再会を果たした翌日。元が校内で勇気を捕まえ無理やり聞き出した、それが彼の抱えた事情だった。毎朝トボトボ、力無い足どりで登校している理由。

やっぱりな、と元は思った。恥ずかしそうに、眉をハの字にしてどこか頼り無さそうにしゃべる姿が昔の美里に重なった。

美里の場合は喧嘩をしていた友達と仲直りをし、以前よりも親しくつき合えるようになったのをきっかけに状況が変わった。光司が言うには、明るく楽しそうにしている人間の周りには自然と人が集まってくるのだそうだ。やがて美里は自分から声をかけ、ほかのクラスメートとも気負わず遊べるようになった。

だとしたら話は簡単だ。

俺が最初の友達になってやればいい――。

『お前が友達としたい色んなことってなんだ？　昼休みにいっしょにメシ食ったり、しゃべったりとか？　そんぐらいなら、俺が相手してやるけど？』

元がそう提案した、その瞬間――。二人を隔てていた壁は、綺麗《きれい》さっぱりどこかへ消えた。それどころか元の戸惑いになどまったく気づかぬ様子で、勇気は無邪気にこちらの陣地に踏み込んでくるようになった。

再会から四ヵ月。元は三年生に、勇気は二年生に。二人が晴れて進級した春には、勇気は元を「はじめちゃん」と呼ぶようになっていた。この年でチャン付けとは、保育園児とおんなじかい！　と元は何やら脇腹《わきばら》のあたりがムズ痒《がゆ》くなったが、天真爛漫《らんまん》な勇気のキャラにはむしろピタリとハマるようで、つい許してしまった。

「はじめちゃん、僕もまぜて！」

思わず居眠りをしそうな心地よい日差しの降り注ぐ、中庭での昼休み。だいぶ緑の目立ち始めた桜の樹の下、芝生《しばふ》の上でパンやお握りを頬張《ほおば》っていた元たちは、走ってくる勇気にそろって目を向けた。

元を除いた三人がバラバラと立ち上がる。

「悪ぃ」

「俺、あいつ、苦手」

「なーんか、調子狂うんだよな」

逃げるように去って行く友人たちを、元は止めようとはしなかった。

気持ちはわかる。元はもう慣れたが。

そもそも勇気にとってここは、滑り止めのつもりで受けた学校だった。第一志望は、私立。頭のレベルも上だが、入学金だの授業料だの、かかる金の額で比べてもさらに何ランクも上の高校だ。

どうやら香山勇気はかなり裕福な家庭で、大事に大事に純粋培養されて育ったようなのだ。だからというわけでもないだろうが、かなりおっとりしているというか、時々やけに子供っぽいというか……。

物を知らないというのとは、ちょっと違う。いろいろなところが微妙にズレていて、たまーにどこか別の星の生き物としゃべっている気にさせられる。

逃げて行った三人は勇気と初めて会った時、

『みんなが噂の四天王？』

勝手に漫画のキャラ設定された。

『すごく強いんだよね？　必殺技ある？』

瞳を輝かせた勇気に『見せてよ』とせがまれ、だったら俺たちの言うことをきけと悪のりした。パシリに使ってやろうと企んだのだ。ところが——。

命令すればどこにでも走ってくれるのはいいが、頼んでもいないのに嬉々《きき》として鞄《かばん》持ちをしたり、つまらないことに感激してウルウルと尊敬の眼差しで見つめたり。

『先輩たちは、悪い人じゃありません！』

元たちが説教を食らっている職員室にまで乗り込んできて大真面目に応援演説された日には、かなり引いた。皆、教師以上に目が点になり、恥ずかしさ爆発だった。

以後、三人とも勇気といる時の元には近づかない。

基本、引っ込み思案で恥ずかしがり屋な性格も原因だろうが、親しい友達ができない理由はそんなところにもあるんじゃないかというのが、元の分析だった。

嫌っているわけでも疎ましく思っているわけでもない。ただ馴染めないだけ。誰もが似た者同士、気の合う仲間とつるんでばかりいるので、相手に合わせるのはけっこー面倒くさいものなのだ。

（でも、こんなだからよけーに兄ちゃんも可愛いんだろうな。すげぇわかるわ）

隣に座って弁当を広げる勇気を横目で眺めながら、元は考える。

そう。勇気には年の離れた兄がいるのだ。

危なっかしくて放っておけない。つい、転ぶ前に手を貸したくなる。兄ちゃんはそんな心境なのに違いない。そもそも元がお節介をする気になったのも、弟四人で毎日が回っている身の上だからこそだ。

「おい……」

勇気の前に並べられた三重の弁当箱に、元は目を丸くする。

「今日はまた、ハンパなく豪華版だな」

今までだっていい加減売り物になりそうなぐらいゴージャスだったのに、今日はさらに手が込み品数も増えている。

「すごいよねぇ」

勇気は嬉《うれ》しそうに頷《うなず》いたものの、なぜかため息をついた。

「今日のは兄さんが……」

「なに？　これ、兄ちゃんが作ったの!?」

「ううん。作ったのは母さんだけど……。僕、好き嫌いが多いでしょ？」

「だな。おかげで俺は助かってるけど」

勇気が残したものは、すべて元の胃袋へ。家から持ってきた握り飯二個で毎昼乗り切っている節約腹にはありがたい、まさに天の恵みだった。

元と知り合うまでは泣きながらでも食べていたのが、今はズルをしているのがバレて兄に叱《しか》られたのだという。

「食べられるようにメニューをもっと工夫してやるって、材料の分量から調味料の配分、栄養価の計算、調理時間のタイムテーブルまで。兄さん、設計図なみの細かい指示書を書いて母さんに発注したんだよ」

「へぇ」

弁当に設計図ねぇ。

勇気より九つ上の二十六というから、

（金勘定が仕事の、リーマンかな？）

コントに出てくるような、クソ真面目な会社員の姿を思い描いた。紺色のスーツをきっちり着込んで、ダサい眼鏡をかけている。

「なあ、どんな兄貴？　お前に似てんの？」

ちょっと興味が出て、聞いてみた。

「もう、すっごいの」

ソッコー、答えが返ってきた。

「すっごいんだ？」

「匠《たくみ》兄さんはねぇ、頭いいし」

勇気は楽しそうだ。兄のことを話題にするのがとても嬉しいという顔だ。

「仕事できるし」

「ふーん」

「強いし」

「お前、そんなに兄ちゃんのこと、好きなの？　もうファンレベルだな」

「そんで、優しいんだ」

こう手放しに自慢されると、ちょっと引くけど、

「ま、優しいんだろな。でなきゃ、こんな弁当わざわざ発注しねーよ」

弟のほんわかぶりを見ても、兄がきつい性格でないのは想像がつく。

「俺なら、食べ残した時点でアウト。そっこー張り倒すけどね」

張り倒すは大げさだが、ピーマンが天敵の士郎を甘やかしたことはない。なだめたりすかしたり、時にはゲンコツのひとつも落として食べさせる。そのかわり、最後のひと口までとことんつき合う。毎度士郎には、感謝の気持ちを込めて思いっきり蹴飛《けと》ばされるが。

「兄さんにお前のためだって言われたら、僕も頑張らないとダメだよね」

自分に言い聞かせるように頷くと、勇気は悲壮な決意を浮かべて箸《はし》を取った。

とっくに食べ終わって緑茶のペットボトルを傾けていた、元の動きが止まっている。

『お前のためだろう!?』

兄ちゃんは勇気を正座でもさせて、こっぴどく叱りつけたんだろうか？

——言われてみてーな、俺も。

ふいにそんな気持ちが湧《わ》き起こって、元はちょっと戸惑っていた。

一度ならず元も弟たちに向かって口にした覚えのある台詞だった。お前のためと言いつつ実は自分のためだったり、怒りに任せた単なる八つ当たりだったりすることも多いのだが、それでも親身になって力いっぱい怒ってくれる人間は限られていると思う。

——怒るばかりじゃなく、たまには本気で怒られてみたい。

(勇気の兄ちゃんみたいなのが俺の兄貴だったら理想的かも……なんてな)

だが、父親亡きあと、母親にもしっかり頼られちゃってる身としては、誰かにそんな心配をかける隙があってはいけないんだと考え直す。

「なんで相談しなかったんだ?」

「えっ?」

「そんだけ弟思いの兄ちゃんだったら、友達できないいっつって泣きつけばなんとかしてくれそうだけどなー」

「たぶんね」

でもダメだよと、勇気は断固として首を横に振った。

「兄弟で恥ずかしいから面と向かって言ったことないけど、憧《あこが》れてるんだ、僕。兄さんに」

「だから、心配かけたくない?」

「っていうより、カッコ悪いことあんまり知られたくない」

「ああ……、それならわかるな」

好きな女の子の前ではカッコつけたいのと、ちょっと似ているかも。『匠兄さん』は、それだけ弟に慕われているというわけだ。

「ねぇ」

勇気は急におずおずとした視線を元に向けた。

「はじめちゃん、兄さんと会ってくれない？」

「え？　俺？」

思いもかけないお願いをされて、元は驚く。

「なんで？」

「最近、仲良くしてる三年生がいるって話したら、今度家に連れて来いって。でも、はじめちゃんは毎日忙しいでしょ？　迷惑かなと思って誘えなかった」

勇気には一応、子だくさんの家計を支えてバイトに勤《いそ》しむ毎日だという話だけはしてあった。

「やめた方がいいな」

元は反射的に断っていた。

自分のようなタイプの友達が、周りの大人たち——教師や親に受けがよくないのは経験上ちゃんと理解していた。真面目でお堅いサラリーマンの、弟思いの心優しい『匠兄さん』にも、ドン引きされる可能性は極めて高い。

そうなったら困るのは勇気だ。また叱られでもしたら、かわいそうだ。

「遊びに来て」

「んー」

「来てよ。ね?」

勇気はなかなかあきらめなかった。兄に言われたからではなく勇気自身が来てほしがっているのを感じて元は迷ったが、

「やっぱ、やめとくわ」

すると、

「さっき話すの忘れたけど、兄さん、かっこいいよ?」と、勇気はなぜか兄のイケメンぶりをアピール。

「どういう口説き文句だよ」

勇気らしいと、元は笑ってしまった。

「美人の姉さんがいるってんなら、ぐらっとくるけどさ」

まだ何か言いたそうな勇気を遮るように、校内放送が二人の頭上を流れた。

〔三年A組の内海元君――〕

「またかよ」

ハイハイ。

元はだるそうに立ち上がった。

放送委員のすました声が、今すぐ職員室に出頭しろと告げていた。担任に小言を食らうのはしょっちゅうなので、もはや緊張感ゼロ。面倒なだけだ。いつもみたいに聞いてるふりをしてりゃいいやと、欠伸《あくび》まで出た。

「はじめちゃん！」

「悪ぃな」

まだあきらめきれない様子の勇気を、元はきっぱり撥《は》ねつけた……つもりだったのだが――。

バイトに明け暮れた五月の連休も終わり、かったるい学校が始まったある日の土曜日。

「お前ん家、ここ？」

「そう」

「……マジかよ？」

元は立派な門構えの、高い塀に囲まれたその日本家屋を唖然《あぜん》と見上げていた。木目の美しい表札には、堂々とした毛筆体で『香山』と浮き彫りがされている。

「なあ……」

驚いている元の隣で、勇気は嬉しくて堪《たま》らないという顔をしていた。

マジかよ——？

想定外だった。裕福な家庭に育ったんだろうという元の想像を軽く越えている。塀のこちら側からでも広い庭があるのを——たぶん、バカでっかい石灯籠《いしどうろう》や錦鯉《にしきごい》の泳ぐ池もあるに違いない——窺《うかが》い知れるこの家は、ストレートに金持ちと呼んでいいレベル。

「勇気のオヤって何してる人？」

「家具やインテリアを売ってるんだ。自社ブランドもあるけどね」

「店、やってんだ？　どこにあんの？　この近く？」

「都内には三店舗。で、関東圏にチェーン展開してるの」

「チェーンテンカイ……」

「あ。兄さんもね、父さんの手伝いしてるんだよ。大学出てすぐ経営企画室って部署に入って、頑張ってる」

今日、約束した公園で顔を合わせた時から勇気がニコニコ嬉しそうなのは、もちろん元が初めて家に来てくれるからだ。でも、理由はそれだけじゃない。

——事情はこうだった。

十日ほど前、元は担任に呼び出しを受けた。もっと真面目に勉強しろと、相変わらず代わりばえのしない説教をされるのかと思っていたら、違っていた。

学年主任も務める担任は、すっかり髪の後退しきった頭を教え子に見下ろされるのを気にしつつ、宣告した。

『今のままじゃ、卒業させてやれんな』

出席日数はギリギリ足りているものの、とにかく成績が悪い。追試を受けても地べたを這《は》いずる低空飛行のうえ、宿題はもちろん必要な提出物をまったく出さないでは、評価を付けるのさえ難しい。

卒業できない——は、ひょっとしたら元をその気にさせるための脅し文句かもしれないが、最終年だからこそ恩情はかけない。もう少しまともな点数を取らなければ留年だと迫られ、さすがの元も無視できなかった。高校を出たら働いて家計を助け、兄弟の希望の星・光司をまず大学に行かせる、という最良のシナリオが狂ってしまう。

『つっても、どうすんだよ?』

今さら取り戻せる遅れとは思えなかった。肩書は三年生でも、頭の中身はたぶん入学した時からそう変わっていないよーな……。国語や社会は頑張ればどうにかなるとしても、英語は無理だ。ほとんど宇宙語なみにわけがわからなくなってしまったので、授業中は例外なく机に突っ伏しての昼寝タイムだ。

『塾は？　基礎から教えてくれるコースもあるよね』

元の愚痴につき合ったのが、勇気だった。

『ムリ。金ねーし』

残念ながら、勉強を教えてくれるような秀才の友人もいない。

すると勇気が、思いもかけないことを言いだした。

『兄さんに家庭教師を頼めばいいよ！　僕も週イチでみてもらってるから、はじめちゃんもいっしょに！　ね？　いい考えでしょう？』

タダでいいと言われて、元の心は揺れた。

『嬉しいな。これでいろいろ自慢できるよ』

瞳を輝かせすっかりその気の勇気に、兄貴のヨイショ祭りかよと元がからかうと、

『違うよ。はじめちゃんの自慢。高校入って家に友達連れて行くの、はじめちゃんが初めてなんだ』

たぶん勇気のその一言に、元は背中を押された。香山家に定期的に通う決心をつけた。

でも……。

豪邸を前に、元の顔は微妙に引きつっている。まだ門もくぐらないうちにじわりと滲《にじ》んできたのは、後悔の気持ち。

(なんか……まずくねぇ?)

本能的に感じていた。自分の居場所など絶対にありそうもない世界、場違いワールドに踏み込んでしまった居心地の悪さを。譬《たと》えるなら、突然鼻先で信号が青から黄色へチカチカ瞬き始めたとでもいうのか。

「兄さん、はじめちゃんにお礼を言うつもりなのかも」

インターホンで帰宅を告げようとした勇気が、元の気持ちも知らずに笑顔で振り返る。

「なんで礼?」

「お前、最近変わったなって兄さんに言われたんだ。きっとはじめちゃんのおかげで元気になれたの、わかったんだよ」

ああ? と、元は首を傾《かし》げる。

「お前、そう変わってねぇだろ? 俺らとは普通にしゃべれるようになったけど、クラスのやつらとは相変わらずなんだろ？　言っとくけど、そっちは自分でどうにかしろよ。俺は責任持てねぇからな」

元はつい、弟たちにするように勇気に触れた。思わず首をすくめた勇気の眉間を、指でパチンと弾《はじ》いて命じる。しょっちゅう見せるその困ったハの字眉とサヨナラできるまで、マジ頑張れと。

「ハの字？　僕の眉ってハの字なの？　知らなかったなあ」

勇気はまた感心した顔つきでズレたコメントを返すと、つつかれた場所を今度は自分の指で摩《さす》っている。

『お疲れさまでございます』

インターホンからバカ丁寧な返事があった。おそらくこの豪邸には、元がまだ一度も目撃したことのないお手伝いさんという人種も住んでいるに違いない。

家のなかからの操作で鍵《かぎ》が開けられる。

「礼を言われるんなら、いいけどな……」

俺だって勇気の兄ちゃんにはよく思われたいけど――と、元は背筋を伸ばし、ふと首から下に目を落とした。

新品はめったに買わない服は、ほとんどが古着だったり友人からのもらいものだったり。それでもダーク系にこだわったコーディネイトは、元的には十分よそ行きのつもりだった。だが、この家の住人に好意的に見てもらえるかどうかは、はっきり言ってかなり怪しい。

やっぱ、まずいかも。

信号の点滅がはっきり黄色に変わったのは、勇気が憧れているというその人が部屋に入ってきた時だった——。

今にも滑って転びそうに磨き上げられた廊下を案内され通された応接間は、一瞬、どこに座るべきか悩んでしまうほど広かった。勇気に手招かれ並んでソファに腰を下ろしたものの、落ち着きなく立ったり座ったりしていると、和服姿の年配の女性が紅茶のカップを三つ運んできた。

「お前の部屋、行こうぜ。俺、ここにいたら絶対何か壊しそうな気がする」

我慢ができず、元がまた尻を浮かせた時だった。ノックの音とともに、スラリとした印象の男が入ってきた。背の高い元より、さらに長身だ。痩《や》せているせいか、余計に頭が高い位置にあるように見える。

どこか攻撃的な険しさを感じさせるほど、整った目鼻だちをしていた。顔の造りも雰囲気も、癒し系の弟とはまるで違っている。

彼が部屋に入ってきて最初に何をしたか。扉の左手の壁に掛かっていた静物画に、つかつかと歩み寄った。百合《ゆり》の花の描かれたそれが僅《わず》かに斜めに傾いていたのを、まず直した。次にその下のサイドボードの上の埃《ほこり》を、軽く払うような仕種をした。

なんだかイメージしてたのと違う。

ダメだ。

こういうやつ、苦手。

百パー、合わねぇだろ、百パー！

このお屋敷以上に相性の悪そうな男だと、元は直感した。

「兄さん、いつも話してる内海元さん」

「香山匠。勇気の兄だ」

白いシャツにパンツ、黒のカーディガンとシンプルな服装が、香山の神経質なまでにきっちりとした雰囲気に合っている。

「弟と仲良くしてもらっているそうだが、何がきっかけで？　君は三年生だろう？」

口調は穏やかだが、隠しようのない冷たさが漂う。元は、香山の言葉に自分を責める響きを感じ取っていた。

「べ～つに」

ガン見されて、逃げるわけにはいかない。元はあえてふてぶてしい態度でソファの背もたれに身体を沈めた。行儀悪く足を組む。

「気が向いて声かけただけ。こいつがいいやつだから、そのままつき合ってるってだけ。そんだけ」

意地でも視線を外さず反抗的な態度を隠しもしない元を、香山も真っ直ぐ見つめ返してくる。

「もうひとつ聞きたい」

「いいけど」

「君は煙草を吸うのか？」

どう答えようか迷った、その一瞬が返事代わりになった。

「やはりそうか」

「そうかってなんだよ？」

「およそ君がどういう人間かわかったということだ」

全身痒くなりそうだった。今まで衝突してきた教師たちにも、これほど偉そうな説教口調で話をするやつはいなかった。

「君とつき合うようになって、勇気は変わった」

「へぇ？　勇気はいつもの勇気だけど」

どうやら感謝され礼を言われる雰囲気ではなかった。ちょっとは期待していただけに、険悪な空気を余計にヒシヒシと感じる。紅茶に口をつける気にもならない。

「生活態度が悪くなった」

「は？」

「ものを食べながら本を読んだり食事中に大口を開けて笑ったり、宿題もしないでテレビに夢中になったり。あげくの果てには、煙草を吸ってみたいと言いだしたり」

香山は、頭痛でもするような顔つきになった。

「それのどこが悪いの？　つーかっ、みんな、俺のせいかよ！」

みるみる張り詰めていく空気も読まずに、勇気が横からのんびり口を挟んだ。

「そうだよ。みんなはじめちゃんのせい……っていうか、はじめちゃんは僕の先生なんだ」

勇気は兄に嬉しそうに報告する。

「最初は怖い人だと思ってたんだ。だけど知り合ってみると、はじめちゃんにはたくさん友達がいた。学年飛び越えて一年にも二年にも、だよ？　はじめちゃんがみんなに好かれてる証拠でしょう？」

「もっと言ってやれ、勇気！」

「みんなと仲がいいってことは、それだけはじめちゃんが魅力のあるいい人ってことだよね」

「そうそう」

「遠巻きにしてる生徒たちがいたのは、怖かったんじゃなくて憧れるあまり近づきがたかったんだよ、きっと」

「そ……」

いや、それはナイけど。
一、二年の後輩たちは、友人というより半分パシリとして使ってるわけで。
「はじめちゃんみたいになれば、学校がもっと楽しくなるかなあと思って」

元を観察していろいろ見習っているのだと、勇気は言った。

目をキラキラさせた勇気の援護射撃は、しかし、香山の不安をいっそう煽《あお》ってしまったようだ。一度心を開いた相手を疑うことなどめったにない、純粋に慕い続ける弟の無邪気な性格を兄は当然よく知っているからだ。このまま放っておけるかと、彼の元を見る眼差しはさらに厳しくなる。

「新しい学年に上がる前に学校から連絡があったんだ。勇気が君や君の友達にアゴで使われているようだが、本人は何度聞いても認めない。家でもそれとなく気をつけてみてくれとな」

おそらく、勇気が四天王の必殺技見たさに進んで鞄持ちまで引き受けていた頃だ。

『違うよ、先生の勘違いだよ』と弟が笑って否定しても、兄の方はずっと心配を拭《ぬぐ》えずにいたに違いない。不安は元と会ってさらに膨らんでしまった。

「どうなんだ?」

香山は元を糺《ただ》した。

「弁当のおかずも、勇気は嫌いなものは食べてもらったと言っていたが……。まさか君が横取りしたんじゃないだろうな」

「ざけんな！」

ついに立ち上がって香山を睨《にら》みつけた元に、勇気もようやく二人の険悪な空気に気づいて止めに入った。元の腕を摑《つか》んで引っ張る。

「はじめちゃん、座って――！　兄さんも！　今日はそんな話をするために来てもらったんじゃないでしょう！」

そうだ。家庭教師だ。

（こいつにベンキョー教えてもらうんだった！）

「誰が……」

危険！　逃げろ！

信号はとっくに赤に変わっている。

この男に頭を下げてお願いするなど、まっぴらだ。

「俺はそんな気なくなった」

「はじめちゃん！」

驚いた勇気もソファから飛び上がった。

「あんたも、だろ？」

弟に頼まれ会ってはみたものの、香山に引き受けるつもりは最初からなかったのだろう。

THE NEARBY BEACH WHEN

この話は白紙に戻すということで——。勇気には悪いがその点だけは二人の意見が一致していると思っていた元に、意外にも香山はこっちはその気だと言った。

「勇気の頼みだ。一度引き受けたんだ。約束は守る」

「うそだろ?」

元は唖然と聞き返した。

「あとはお前のやる気次第だな。本気で成績をどうにかする気でなければ、いくら時間をかけても無駄だ。成果は上がらない」

「あんたの方こそ、俺相手に本気で教える気あんのか?」

香山は元の質問には答えなかった。

大切な弟が悪い友達に染まらないか。二人をそばに置いて見張っていた方が安心する。たぶんそんなところだろうと思った。

「ゴメンだね」

「待ってよ!」

逃がすまいと、勇気が元の腕にしがみつく。

「ね? また来てくれるよね?」

目が合った。

たとえば、末っ子の省吾は思っていることをまだうまく言葉にできない。その分、全身を使って感情を伝えようとする。勇気もそうだった。

「ね？」

大きな目に、必死な色が溢《あふ》れている。あまりに強い力でしがみつくので、元の身体は勇気の方に傾いてしまっていた。

『違うよ。はじめちゃんの自慢。高校入って家に友達連れて行くの、はじめちゃんが初めてなんだ』

とても嬉しそうだった勇気の笑顔が、チラリと脳裏をかすめた。

「言っておくが、勇気と仲良くしているからと言って甘やかすつもりはない」

「ああ、そうかよ！」

「そのかわり俺の調……指導についてこられれば、成績アップは保証してやる」

「今、なんつった？　調教って言ったな？　言ったよなっ？　俺は犬か！」

噛《か》みついた元に、香山は表情も変えず平然と言い放った。

「お前相手なら、やり甲斐《がい》はありそうだな」

●○●

スーツが地味に似合う、真面目で弟思いのサラリーマン。垢抜《あかぬ》けない眼鏡着用。

——元が思い描いていた『匠兄さん』には会った初日にヒビが入り、いざ香山家に通い始めるとたった三日で見事、粉々に砕け散った。

勉強時間は、基本、週二。教科は体育や芸術系以外の、とにかく点の取れないすべて。一日は引っ越しセンターのバイトをセーブして、週末土日のどちらか。もう一日は水曜日。たとえ香山の都合がつかず元一人でも、絶対休みにはならない。予習復習と称して、気が狂いそうな量のプリントだの暗記用ドリルだのと格闘しなければならない。

バイトが無くても家事のある元にしてみれば、勉強しようがしまいが休めないことに変わりはないのだが……。シンクに山となった洗い物を片付けたり、弟たちのタックルをかわしながら掃除機をかけたり洗濯物を畳んだりしている方が、机に向かっているよりはるかに楽なのは確かだった。

とにかく香山は厳しかった。今まで元が教わった教師たちは全員が全員、手抜き仕事をしていたんじゃないかと疑うほど。

まさしく、調教。机に座っている間中、言葉の鞭《むち》がビシバシ飛んでくる。

たとえば、問題集ひとつとってても解答欄は何としてでも自力で埋めさせる。

「もう無理だって！　俺の場合、五分考えてわかんねーもんは、三十分かけてもわかんねぇんだよ！」

どんなに抵抗しても、香山の攻撃の手はまったく緩まない。

「わからないという答えは認めない。わかるまで考えろ」とにべもない。

大嫌いな英単語など、満点が取れるまで同じテストを何回でも何十回でも繰り返す。

「一回で覚えられねーもんは、三回やっても覚えられねぇんだよ！」

馬鹿のひとつ覚えの元の反撃も、鼻先で笑われ撃破される。

「三回でダメなら三百回やれ」

大げさに言ってハッパをかけているわけではなく、本当に実行させる。それが香山の恐ろしいところだ。

元は自分が犬か馬にでもなった気分だった。それも、飼い主を怒らせるしか能のない相当のダメ犬か駄馬だ。

暗記ができるか、理解できるか、応用できるか。そんなことよりまず、机の前に長時間座って勉強に集中する。元の場合、この基本がまるで身についていないがために苦痛は倍増した。

「鬼や……」

元は頭を抱えた。

「あんた、鬼だろ?」

「なんとでも。鬼ならまだ感情もあるだろうが、こうしてお前を教えている間はそんなものあっても邪魔なだけだ。ただ、目的と実行、そして結果あるのみだ」

「感情ないって、ロボットかよ」

元はハッと顔を上げた。

「マジ、電池で動いてんじゃね？　どっかに電源入れるスイッチあるとかさ」

つい香山のセーターの裾をペロンとめくってしまい、まるめた問題集で頭を一発殴られた。

パコッ！

その、いかにも脳味噌がつまっていなさそうなカル～イ音が、また元を落ち込ませる。

ロボットと聞けばアニメに出てくるイメージからか身近にも感じるが、香山はちょっと違う。たとえるならどこにも親しみなど覚えない、もっと硬質で無機質な冷酷非情のサイボーグ。ヒーローの敵役にぴったりだった。

仕事から帰ってきたばかりの香山を、元は何度か見たことがある。ネクタイがほんの数ミリ曲がっていても落ち着かない様子の彼は、スーツをあたかも軍服のように一分の隙無く着こなしていた。

まさしくサイボーグだ。弱点のなさそうな。不死身の。

冗談じゃなく、スイッチがあったらソッコーOFFにしたい！

それでも――。

「ふざけんな！　今だけだからな！　この机に座ってる間だけあんたの言うこと聞いて、おとなしくしててやる！」

元が表向きは突っ張って香山と衝突しつつもなんとか頑張って続けているのは、卒業がかかっているという切羽つまった事情もあるが、半分は勇気のためだった。

勇気も決して成績のいい方ではない。と言っても兄を手こずらせるほど悪くもなく、また、元と違って学習態度は極めて従順なので、時に叱られたり励まされたりしながらマイペースで励んでいた。

勉強が終わると、ようやく二人で遊ぶのを許される。お仕置き部屋——あの広いお屋敷には自習室とも呼べる場所があって、元は密《ひそ》かにそう呼んでいた——から解放され、勇気の部屋でおやつを食べながら話をしたり、たまにはテレビゲームをしたりして過ごした。

バイトに家事に追いまくられる元が尻を落ち着けていられるのは、せいぜい一時間か二時間。その短い時間を、勇気はとても楽しみにしている。

「ゲームって二人でするのも面白いよね。相手になってくれる人、はじめちゃんが初めて」

すっかり力を使い果たして床の上にだらしなく伸び、テキトーにコントローラーのボタン押してるだけだというのにそんな嬉しそうな目で感謝されたりしたら、もうここへは来たくないとは言えなかった。

だが、しかし——。

我慢もそろそろ限界だ。

香山に勉強をみてもらうようになって、二ヵ月あまり。

七月に入ってすぐの日曜日。バイトから帰っていざ出撃という時になって、急に何もかもが嫌になった。勇気のためだとあの困ったハの字眉を必死に思い浮かべて鞭打っても、元の足は玄関から一歩も外へ出たがらなくなっていた。

「ハジメ！　ゲームしようぜ、ゲーム！」

四男の士郎が元のもぐった布団に飛びつき、剝《は》がしにかかる。一番の遊び相手がもう今日は出かけないと知って、下の二人は大興奮だ。

「ハジメちゃん、お風呂《ふろ》に入ろうよ！　潜水艦ごっこしたい！」

さっさとパンツ一枚になった省吾は省吾で、布団から覗く元の足を持って何とか引きずり出そうと頑張っている。

けっこう疲れている時でも、二人と遊ぶのはそれほど苦ではない。いや、むしろ楽しい。なぜなら弟たちとのじゃれあいは、元にとって最も金のかからないストレスの解消法だからだ。

しかし、それすら効果がないところまで追いつめられると、今度はパーッと遊びに行く。ただし、学校の友達とではなく玉置たちといっしょに。夜の繁華街をうろついたり借りたバイクを飛ばしたりして、非日常気分をちょっとだけ味わう。

この二ヵ月、玉置からは何度も誘いのメールや電話があった。空いた時間はほぼ勉強と宿題で潰れてしまう元が断り続けているので、短気な玉置はとっくに機嫌を悪くしていた。

そろそろフォローしておかないと、まずい。元としても今は思いっきり気分転換したいタイミングなので、サボりを決めた今夜は絶好のチャンスなのだが……。

ここ、内海家二階の子供部屋兼寝室。

布団の隙間《すきま》から覗き見た壁の時計は、午後七時を回ったところだ。本当なら、お仕置き部屋で香山のしごきを受けている時間だった。

香山は怒っているだろう。あの、鋭利な刃物のように冷ややかな表情がますます冷たく凍えていく様を想像すると、背筋がぞくっとした。

とりあえず、風邪をひいたとでも連絡を入れておくべきか――？

「いや、言い訳なんかするか！　やめる！　このままやめてやる！　あいつがどう思おうと、関係ねーし！」

口から飛び出た台詞こそ勇ましかったが、

「あ？」

調教師恐さに駄犬の身体はしっかり仮病モード。布団を被《かぶ》って出ようとしない自分に気がつき、元は慌てて飛び起きた。

「ゲーム！」

「お風呂！」

弟たちはさっそく兄ちゃんのとりっこを始める。

（負けてんじゃねぇぞ、俺！）

元は舌打ちをし、言い訳する気満々で手にしていた携帯電話を放り出した。とたんに鳴り始めたそれを急いでまた握って耳にあてると、イライラと不機嫌そうな声が聞こえてきた。

「玉置さん」

『元、てめー、今日は逃げんなよっ』

こめかみに浮いた青筋が目に浮かぶようだ。

『あのなあ、今夜、いつものクラブでイベントあんだよ。チケット売れなくて困ってるからさ、お前、ぜってー来い』

いきなり命令口調で用件を切り出される。

一瞬迷ったものの、OKしようとした時だ。階段を駆け上がってくる音がした。一面落書きだらけ、おまけにあちこち破れて悲惨なことになっている襖《ふすま》が開いて光司が顔を覗かせた。

「兄ちゃん、お客さん」

「客？　誰？」

「香山さんだって」

「勇気が？」

兄貴に命じられて迎えに来たのかと思った。光司はちょっと首を傾げてから、残念ながら違うみたいと頭を振った。

「高校生にはとても見えないから、お兄さんの方じゃないかな？　最近の兄ちゃんの一番の喧嘩友達」

「うっそっ!?」

心臓がどくんと鳴って腰を浮かせた元の目が、ほんとかよ？　と丸く見張られる。部屋を飛び出し一階へと駆け降りる元のあとに、光司も続いた。

「お前、訂正しろ！　誰が友達ってってたよ！」

「だって兄ちゃん、最近俺たちの前であの人の話しかしないじゃないか！　文句言ってる時が一番生き生きしてて楽しそうだし？　ほんとは仲いいんじゃないの！」

楽しそう？　誰が――？

本気で言っているらしい光司を、元は思わず足を止め、見返してしまった。

狭い玄関で顔を合わせた時、香山が微《かす》かに戸惑う表情を浮かべたのは、おそらく全員勢ぞろいしている兄弟たちのせいだ。皆、興味津々《しんしん》という顔つきで、元の後ろから目を覗かせている。

「お前が悪のサイボーグだな」

さっきからずっと興奮しっぱなしの士郎が、頬を紅潮させ言った。

梅雨《つゆ》明け前の蒸し暑い夜にタイトなスーツ姿の香山は、額に汗ひとつかいていなかった。

「ハジメちゃんをいじめるな！」

省吾は言葉を投げつけると、サッと元の背中に隠れてしまう。

「お客さんにダメだよ、二人とも」

弟たちに注意はしたものの、美里も恐る恐る怯えた視線を香山に向けた。

ただ一人光司だけは、眼鏡の奥の冷静な目で香山を見ている。しょっちゅう兄が名前を口にするようになった相手がどんな男なのか、じっと観察している。

四人の弟たちは皆、反応は違えど香山を警戒しているのは明らかだった。元を守ろうと協力して張ったバリアは、彼らが兄を慕っている証《あかし》だ。

「ほらみんな、邪魔しない。元兄ちゃんは大切な話があるんだ」

悪い人じゃなさそうだと判断したのか、光司がほかの弟たちに部屋に戻るよう言ってきかせる。

「えーっ。味方しないのか！」

「ハジメちゃんが戦うとこ、見たいよう」

騒ぐ士郎たちを美里に連れて行かせて、光司は元を香山と送り出した。行ってらっしゃいと扉を閉めようとして、ノブを引く手を止める。

「あの……、香山さん」

気のせいか光司を振り返った香山がいつもより穏やかな眼差しをしているように、元には見えた。

「兄はウチの大黒柱なので、よろしくお手柔らかにお願いします」

ペコリと頭を下げて引っ込んだ。

「お前よりよほどしっかりしていそうだな」

「うるせーよ！」

カチンときた元は、即座に言い返す。二人は玄関を出てすぐの、ポンコツ自転車や水色のごみバケツ、とっくに枯れた植木鉢などが雑然と並べられた路地で向き合った。

「光司も言ってただろーが！　大黒柱は俺なんだよ！　とーぜん、俺の方がしっかりしてるに決まってんだろ！」

と――。元はハッと気がつき、慌てて手にした携帯を耳に押し当てた。玉置と電話していたことをすっかり忘れていた！

「……もしもし？」

とっくに切られているだろうなと思ったら、玉置はキレかけながらも待っていた。

「すんません！　あ、えーと……、イベント、今夜ですか？　――え？　これから？　今すぐはちょっと……」

元が途中まで言いかけた、次の瞬間――。チョロッと上目遣いに香山を気にした元の手に、電話はなかった。香山に奪われたのだ。

「悪いが今夜は行けない。彼には外せない用事があるんだ」

香山は勝手に返事をしてしまった。

玉置が怒って何か怒鳴っているのが、洩《も》れ聞こえてくる。

「俺か？　俺は香山だ。彼の友人だ」

香山は名乗ると、元に断りもせずにさっさと切ってしまった。

「ちょっ……」

文句を言いかけ、元はやめる。

今さら何を言ったところでどうにもならない。香山は元を連れに来たのだ。お仕置き部屋の机の前に引き据えるために。サボりは許さない。そういうことだ。

香山が一度こうと判断したら最後、それを覆すことなど誰にもできないのだということを、元はもう身に沁《し》みて知っていた。

弟たちは、二階の窓からこっそり覗き見しているに違いない。無駄な悪あがきをして、みんなの前に兄ちゃんのカッコ悪い姿を晒《さら》すのだけはごめんだった。

元は不貞腐れた態度でそっぽを向くと、先に立って歩きだした。香山はすぐに追いつき、肩を並べた。

路地を抜け、まだ夕食時のにぎわいを見せる商店街へ。

「こんちは」

駅へと向かう道々何人かの顔見知りと行き合い、元は挨拶をした。よく買い物をする店の店主や保育園で顔を合わせる母親たち、日頃、兄弟五人何かと気にかけてもらっている近所のおじちゃんおばちゃんまで。

「はじめくん！」

毎朝省吾を送っていくたび、全力で飛びついてくる男の子とすれ違った。「今晩は」と頭を下げる母親が注意する間もなく、

「とうっ！」

いきなり放たれた保育園児のキックを、元は腰を落として受けた。次のパンチで大げさに尻《しり》餅《もち》をつく。周囲の目も気にせずまともに子供の相手をする元に、香山は少し面食らったようだった。

「知り合いが多いんだな」

再び歩きだした元に、香山が言った。

「まーな。赤ん坊の頃から住んでるんだから、こんなもんだろ。あんたは友達少なそうだよな。

会社でも怖がって、人が寄ってこねぇんじゃねぇ?」

　せめてもの抵抗で厭味《いやみ》を言ったつもりの元に、香山は不愉快そうな様子を見せるでもなくそうだなとあっさり認めた。

「たいして不自由はしていない」

「ねぇ……、そんなんで息つまんないの?」

　元は足を止めていた。

　うまく説明できない、何だかおかしな気分だった。顔を合わせればぶつかってばかりいるのに、本当は香山は声も届かないはるか遠くにいて背中を向け続けているような気がして……。その手応《てごた》えのなさが焦《じ》れったい。腹も立つ。

「あんた、サイボーグみたいだけど……サイボーグじゃないじゃん。時には馬鹿やってはっちゃけないで、毎日楽しいの?」

　香山の表情は微かに動いたように見えたが、答えはなかった。代わりにまったく関係のない質問を返された。

「煙草はどうしてるんだ?　成人のふりしてコンビニで買っているのか?」

「どうでもいいだろ、そんなの」

「誰かに代わりに買ってもらうのか?　さっきの電話の相手がそうか」

「ウザいよ。吸ってるったって、たまーにだよ、たまに!」

「そんな相手とつき合うのはやめろ」

「なんで？　身体に悪いから？　すぐ死ぬわけじゃねぇだろ？」

「健康も大事だが、それ以上にルールを守ってつき合える関係が大切だと言ってるんだ。たかが煙草一本が、お前自身をダメにする」

カチンとくるのは今日はこれで二度目だった。また、足が止まってしまった。

「あんたに関係ないだろ！　誰にも迷惑かけてねーよ！」

元は噛《か》みついたが、香山はまったく動じない。

「光司君と言うのか？　賢い弟にお前をよろしくと頼まれたからな」

「うそつけ！」

元は反射的に怒鳴っていた。

「あんたが気にしてるのは、俺の弟じゃなくて自分の弟の方だろ！　俺が勇気に悪いことを教えるんじゃないかって、心配なんだろ!?　そのうちあいつの口に無理やり煙草を突っ込むんじゃないかって！」

やたらと腹が立った。

絶対そうだと思った。

「俺はそんなことはしない。約束してやる。でもな——俺が何をどうしようとあんたには関係ない！　自分のことぐらい全部自分で面倒みられる！　ガキじゃないんだ！　誰にも迷惑はかけない！」

そりゃあ勉強はできないし、ちょっとハメを外し気味で危ない友達もいるが、バイトの稼ぎで家計を支えている自負が元にはあった。弟たちの面倒も手抜きはナシでみているつもりだし、光司に言われるまでもなく父親にかわって一家の柱として踏ん張っている自覚もあった。

元はようやく思い当たった。香山としょっちゅうぶつかるのはなぜなのか。彼が気に入らない、本当の理由――。

勉強が嫌だからでも性格が合わないからでもなかった。彼が自分を子供扱いするからだ。いっしょにいると、今まで頼れる兄ちゃんで頑張ってきたプライドをいたく傷つけられる。

「マジ、息つまるって！」

それが子供っぽい仕種だという自覚もなく元はまたプイとそっぽを向くと、不貞腐れて吐き出した。

「あんた、調教師としては三流だよ」

「なぜ？」

「アメとムチってやつ！」

「俺にはムチしかないと言いたいのか」

「わかってるんだ？」

すると香山は、一理あるなと言いだした。

「お前はどんなアメが欲しいんだ？」

肉屋の店先の惣菜コーナーを睨みつけていた目を、元は思わず香山に戻していた。なんのつもりでそんな質問をするのか、わからなかったからだ。

「勇気と同じ弁当を毎日食べられるというのではどうだ？　お前が今、昼食に使っている程度の金額で差し入れてやるぞ」

「本気で言ってんの？」

「でなければ、三つ星レストランで腹いっぱい食べるとか」

どうやら香山は本気らしい。

「どうして食いもんばっか？」

本気だとわかったとたん、正直、心はぐらりと揺れた。とても魅力的な提案だったが、あとが怖いような気がした。

「では、プレセアBのベルトでは？」

元の目が丸くなった。

「なんで知ってんの？」

プレセアBは元の大好きなボーイズブランドだった。時計に始まり服もアクセサリーも靴も、なんだって欲しい。

腐ってもブランドだ。商品はどれも少々高めなうえ、こっちは使える金が限られている身。

そう簡単に手に入らない。年にひとつ、ふたつとアイテムを買い足すことで我慢している。あとは店に通って散々眺め倒して、いいなあ、欲しいなあとため息をつくのがせいぜいだ。

香山は勇気に聞いたのだと言った。

「ガキのくせに高いもんばっか欲しがって、ふざけんなとか思ってんだろ?」

また小言を言われるに違いないと身構えた元だったが、

「バイトで稼いだ金はほとんど家に入れてるんだ。欲しいものを並べて贅沢するぐらいの楽しみは、あってもいい」

意外にも理解を示され、拍子抜けした。

「もうすぐ期末試験だな」

「……だから?」

「全教科で一定の点数をクリアしたら、何かひとつ欲しいものを買ってやろう」

「い……いらねーよ!」

元は咄嗟《とっさ》に断っていた。

「自分で言っといて何だけど、理由はなんでもあんたに物を買ってもらう筋合いはない」

内心、俺ってカッケー! と胸を張った元だったが……。

「では、一部補助するというのではどうだ?」

「え?」

「小遣いがあと少し足りなくて、今すぐ欲しいのに手が出ないものはないか？　最近はどこも商品の回転が速い。ワンシーズンで姿を消すものも多いんだろう？」

「……うぅ」

ビシッと決めたはずの決意は、すでにぐらぐらだった。

（あー、マジ、あのベルト欲しかったんだよな。二連のパイソン柄の……）

何度店に通っても指をくわえて眺めることしかできなかった憧れの商品が、浮かんで消えた。ベルトはエサだ。ダメ犬を走らせるための。ほーれほーれと香山が鼻先にブラ下げる、ソーセージみたいなものだ。

屈辱だった。

でも。ベルトも欲しい。

欲望と意地をかけた天秤《てんびん》が揺れている。

「どうだ？」

「まあ……、ちょっとだけ補助してもらう程度なら……」

つい、言ってしまった。

「しょうがねーな！　そんなにあんたが言うなら、頑張ってやるよ！」

バツの悪さから乱暴に言い放った元が香山と目を合わせると、信じられないことに彼は笑っていた。

あの香山が、自分に笑顔を見せた——？

笑われて腹を立てるのも忘れ、元は驚いていた。

香山の笑顔は、可愛い弟のためにだけあるんだと思っていた。


「ハ〜」

「ホゥ」

二人は同時にため息をついた。元《はじめ》は勇気《ゆうき》と顔を見合わせる。

期末試験が明日から始まるという日の昼休み。一日ごとに強さを増している日差しを避け、空いている教室で弁当を広げた二人は、どちらも食べる手が止まってしまっている。

「なんだよ？　なんか心配ごとでもあんのか？」

元はかじりかけのお握りをもうひと口食べると、お前も食えよと顎《あご》をしゃくって勇気を促した。

「午前中、ホームルームで文化祭の話をしたんだけど……」

勇気の箸《はし》はすぐにまた、止まってしまった。

「中心になって動くリーダー役を決めたんだ」

「なに？　お前、選ばれたの？」

勇気はコクリと頷《うなず》き、「くじ引きで当たっちゃった」と苦笑した。半分ベソをかいているように見えないこともない。

勇気は箸を置いた。また、ため息。

「僕よりみんなが困ってるんじゃないかなあ」

クラスでも以前よりは積極的に振る舞えるようになった勇気だが、まだ親しく話をする友達ができたわけでもなく、相変わらず彼にとっては居心地があまりよくない場所らしい。

秋にある文化祭の準備は、夏休みにスタートする。授業のない日にクラスみんなで何かしようというのは、集合をかけるだけでも結構大変だ。もともとクラスの中心にいてリーダーシップの取れる生徒でも手こずるのに、勇気がため息をつきたくなるのもわかる。

かと言って、

「俺はなんもしてやれねぇな」

――そんな熱血青春物語の主人公みたいな真似《まね》をするのは柄じゃないし、ドラマチックなアイデアを捻《ひね》り出すだけの頭もない。

「うん……」

何か言ってくれるのを期待していたのかもしれない勇気は、しょぼんと目を伏せた。眉《まゆ》がいつもの困ったハの字を作る。

「その代わり、泣きゴト言いたくなったら俺んとこ来いよ。全部聞いてやる」

「……うん」

「で、クラスでは笑ってろ。ひたすら笑ってろ」

「どうして?」

「だって、間違いなく和み系だろ、お前の場合。そばにいるとゆる～い気分になって、楽ちんなんだよ」

自覚のない勇気はきょとんとしていたが、

「勇気のキャラにハマるやつが一人でも出てきたら、お前の勝ち。たぶん、二人目、三人目って話せるやつすぐできるぞ」

元にしっかりしろと肩を叩《たた》かれると、ため息ばかりついていた口がへへっと笑った。

眉が柔らかなカーブを描く。

「はじめちゃんに言われると、そうなる気がしてきた」

「いいよいいよ。気分だけでもアゲアゲでいっとけ」

「はじめちゃんといたら、偏食もだいぶ直ったしね」

事実、そうだった。豪華版とはいえ苦手な食材ばかりで固めた弁当を勇気が残す量は、確実に減りつつある。

「はじめちゃんは?」

勇気の箸がおかずの一角を再び攻め始める。

「期末の勉強、頑張ってるよね。疲れちゃった？」

「んー……」

頑張ってはいる。自分でもびっくりするぐらい。

この十日あまり、試験対策特別講座と銘《めい》打ってほぼ二日に一度、三十分でも一時間でも時間を捻り出し、香山と机に向かっている。時には残業帰りの彼と駅前で待ち合わせ、深夜のファーストフードショップで教科書を開くこともあった。

毎晩、布団にもぐり込んだが最後、三つ数える間に眠りに落ちてしまうほど確かに元は疲れていた。でも、ため息の正体はそういうありきたりな、簡単に納得のいく理由とは違っていた。

昨夜も洗濯物を干しながら英単語の暗記に躍起になっているところを、弟たちにはやし立てられた。

『ハジメがまた勉強してる！』

『してる！』

いつもセットの士郎《しろう》と省吾《しょうご》が声を上げれば、

『大丈夫？　頭、痛くならない？』

美里《みさと》は本気で心配している。

『手伝うよ』

物干し台で元と並んで山盛りの洗濯物と格闘し始めた光司《こうじ》までもが、

『ほんと、すごいなあ』

しきりと感心していた。

ただし——。光司がすごいと驚いていたのは、家でも真面目に勉強をするようになった元にではない。元にそうさせている香山に対してだ。

『香山さんてすごいよね。ここまで兄ちゃんを変えるなんて』

『別に変わってねぇよ。あいつに馬鹿にされるのが嫌だからやってるだけで』

直接のきっかけはもちろん、ベルトだ。だが、そもそもが卒業のためには我慢するしかないという切羽つまった事情が元にはあった。今やもう一人の弟のようについていてくれている勇気を裏切りたくないというのも、理由のひとつだろう。けれど一番根っこのところには、弱音を吐いたら負けという意地が絶対にあると思うのだ。

『兄ちゃんてさ、どうでもいい相手だと名前も覚えないだろ』

『そうか？』

『香山さんのこと好きでも嫌いでもいいけど、今の兄ちゃんにとってはそれなりに大切で必要な人ってことじゃない?』

『ヤメロ』

人には自分の人生を変えるような出会いが三度あるんだってと、光司は大人びた口調で説明した。出会った人間に良い影響を受けるか、反対に悪い部分を刺激されるかは相手次第。香山の場合は……。

(まあ、いい方に向かってるんだろうな)

その証拠に、頑張っているみたいだな、安心したよと担任にほっとした表情を向けられたのは、ついこの間のこと。ようやくやる気になったか、授業中居眠りをしなくなっただけでも大進歩だと、職員室でも話題になっているらしい。今度の試験で案外ドン底からの脱出なるかも、という彼らの期待には、そううまくいってたまるかと内心舌を出している元ではあったが。

『相変わらず愚痴や文句ばっかりでも、あの人のこと、サイボーグだの鬼だのって悪口言うこと、あまりなくなったよね』

元は今度は反論しなかった。自覚があったからだ。


勉強は苦痛だ。でも、香山と会うのが前ほど嫌ではなくなっている。そんな自分の変化に、元は戸惑っていた。

——それが、ため息の理由。

以前に比べ集中して机に向かえるようになったものの、相変わらずしょっちゅう怒られているし、懲りずに口答えしては返り討《う》ちに遭い……。お仕置き部屋での喧嘩腰《けんかごし》の光景は、香山と出会った時とそう変わっていないと思うのに……。

最初はエサが効いているのかなと思った。ベルトというご褒美《ほうび》が魅力的なせいで、いい具合に現実が見えなくなっているのかなあと。

(なーんか、違うんだよな)

初めて香山家を訪れた日の、ここは俺の来る場所じゃないというどうしようもない違和感。あの居心地の悪さも、今は不思議と薄らいでいる。

光司には俺は変わっていないと答えた元だが、本当は……。確実に変化しつつある自分を、元は持て余していた。

「あーー!」

突然、髪をぐしゃぐしゃにかき回した元に、勇気がびくっと背筋を伸ばした。

「カッコつけて悩むキャラじゃねーだろっつーの!」

一度立ち上がったと思うと、すぐにまたしゃがみ込んでうなだれた。

「自分で自分がうぜぇ……」

あいつが悪い。

全部あいつが！

天敵でいけすかない野郎のはずなのに、気がつけば香山の存在はいつも元のなかにあった。弟たちや勇気がそうであるように、あたり前の顔をして居すわっている。

「はじめちゃん？」

「………」

「どうしたの？　耳が真っ赤だよ？」

「熱があるんじゃない？」と心配そうな勇気に、元は答えない。

（やっぱ……アレも効いてんのかな？）

実は、ちょっとだけ心当たりがあったりするのだ。元の香山を見る目を変えたかもと思えるような出来事が――。

あれは、期末試験対策のシゴキ講座がスタートしてすぐだった。俺はどう転んだってバカなんだ、難しいことばっか要求すんなと文句ばかりぶつけていたら、

『お前のためにやってるんだろう!?』

香山にそう怒鳴りつけられたことがあった。

『お前のためになる、結果は出ると信じていなければ、誰もここまでやらない。こうして怒るのにも気力が要る。お前には勇気の何倍も必要だ。家でも会社でも、俺の周りを見回してみてもこんなにエネルギーを使う相手はお前が初めてだ』

珍しく声を荒らげたのは一瞬だったが、今思えば香山は本気で腹を立てていた。

『よもやここまで続くとは思ってなかったとお前も驚いているようだが、それは俺も同じだ。仕事がらみでもない限り、やる気のない相手といつまでも顔を突き合わせている義理はないし、そもそもそんな根気は俺にはない。ひととおりのことをやったら、いずれ勇気にこれ以上は時間の無駄だと事実を話して、早々に放り出すことになるだろうと思っていた』

だが、香山はそうしなかった。それどころかサボろうとした元を、わざわざ家に迎えにまできたのだ。

『俺は何をやってるんだ』

呟《つぶや》いた香山にいつもとは違う熱のこもった眼差しで見つめられ、俺が知るかよ！　と睨《にら》み返したものの……。本当は何を言えばいいのか、どっちを向けばいいのかさえ元にはわかっていなかった。

あの時も、今みたいに耳や頬《ほお》がやたらと火照《ほて》って熱かった。

『お前のために言ってるんだろう!?』

真剣に怒ってくれる誰かがいるのは幸せだと、勇気を羨《うらや》ましがっていたことを元は思い出した。

「はじめちゃん?」

急に黙り込んでしまった元を、勇気が不安げに呼ぶ。

「なあ……。匠《たくみ》さん、何か言ってる?」

「何かって?」

「俺についてだよ。勇気に俺のこと、何か話すことある?」

本人の前ではあんた呼ばわりしている元は、『匠さん』という単語を口にしただけで気恥ずかしく、落ち着かなかった。

「えーとねぇ」

勇気は弁当箱を置くと、真剣に考え始めた。

「何でも彼の真似をするんじゃない。特に服装はダメだ」

「まあ……な。俺、チャラくてハデなの好きだからな。勇気には似合わねぇかも」

「えー?　似合わないかなあ」

勇気は残念そうだ。

「あと、煙草《たばこ》吸ってるの見たら注意しろ。友達ならそうしろ」

元は複雑な表情を浮かべる。

煙草は……、このところ吸っていない。手に取ることはあっても、香山の顔がチラついていつもブレーキがかかる。面と向かってやめろと言われたことは彼が迎えにやってきたあの日だけだが、その後、一度だけ釘《くぎ》を刺された。

『ゆるいルールでつき合っていると、知らないうちにどんどん引っ張られてレールをはずれるぞ』と。

煙草の箱を見ただけで、香山の言葉の厳しい響きまで蘇《よみがえ》ってくる。

「あ、あと、誉めてたよ！」

勇気が嬉《うれ》しそうな声を上げる。

「たくさん兄弟がいて、長男としての自覚を持って面倒をみているのは偉い」

「へぇ……」

元はくすぐったい気分になった。

ところが。

「それからねー」

「うん？」

「彼は強いふりして突っ張っているだけの、お前とひとつ違いのただの十八歳だ。だから、頼りにするなって」

勇気は今度は不満げに首を振った。

元の表情は微妙に引きつっている。

「兄さんは知らないんだよ。はじめちゃん、強いのにね。入学したばっかの時、三年の裏番と喧嘩して一発で勝利をおさめたんだよね」

「いや……、それ、俺も初耳だから」

「隠さなくてもいいよ。はじめちゃんのスゴイ話教えてって無理に頼んで聞き出したんだ、四天王の人たちに」

「いーかげんお前、四天王から離れろ。裏番なんかいるわけねーだろ」

それにしても……。強いふりして突っ張ってるってどういう意味だろう？　元は香山の言葉を正しく理解しようとした。

（やっぱ、俺、ガキ扱いされてる？）

もともと言葉の裏読みなど苦手な、台詞《せりふ》をそのまま受け取るのが得意な頭だ。

じわじわと腹が立ってきた。

あいつはカッコをつけてるだけの、ただの子供。大事な弟のお前が頼りにするような男じゃないと、そういうことだろうか？

「そうだ。はじめちゃんと僕、似てるところがあるみたい。そんな話も兄さんしてたよ?」

「ああっ?　どこがだって?」

「たとえば、好きなものを目の前にするととたんに機嫌がよくなる単純な——」

元は皆まで言わせなかった。

しょせんはエサに釣られて踊るアホ。香山は内心笑っていると思うと、今度は耳ではなく頭のてっぺんが熱くなった。

ざけんな!

いいところもあるかもと、ちょっぴりではあるが気持ちが好意へと傾いていただけに苛立《いらだ》ちはさらに煽《あお》られる。

(損した!)

一度だけ目撃した香山の笑顔を、まだ覚えている脳味噌《のうみそ》が憎い!

やっぱり兄弟だ。香山も勇気同様、意外にも笑顔は癒し系だったなあ——なんて。なぜかしょっちゅう思い出していたのは、誰にも秘密だ!

幸い、その日勇気はいなかった。文化祭の実行委員たちが集まる初ミーティングとぶつかったため、お仕置き部屋にこもるのは元だけだった。

いつものように時間ぴったりに部屋に入ってきた香山は、ひと目見てわかったはずだ。元に勉強する気がさらさらないことを。

元の前には何もない。机の上は綺麗《きれい》なものだ。教科書どころか前回香山に渡されていたプリント一枚、筆記用具すら持ってきていなかった。

極めつけは、足を組み、椅子《いす》にそっくりかえったふざけた態度。

「どういうつもりだ?」

香山は扉を入ってすぐ右にあるサイドボードの上に持ってきたテキスト類をまとめて置くと、つかつかと元の前までやってきた。

香川は眉ひとつ動かさない。

鋭い視線が真っ直ぐ元に突き刺さり、絶対に逃げることを許さない。

香山を今までで一番怒らせてしまったことを元は知ったが、こっちも今さらあとには引けない。

元はポケットから煙草の箱を出した。挑発するように香山の見ている前で封を切り、ゆっくりと一本引き出す。

たちまち引ったくられた。

「どういうつもりか聞いてるんだ」

彼の手のなかで握り潰《つぶ》され、ごみ箱に放り込まれる。

「見りゃあ、わかるだろっ」

元は声を上げた。

「もう勉強する気はないってことだよ！　あんたにカテキョ頼むのも終わりにするし、ベルトももういらない！　とにかく全部終わりにする！」

香山は何も言わなかった。元の気持ちを量ろうとでもするように、ただじっと見つめている。黙っていられるのに耐えられなくて、元は立ち上がると言葉をぶつけていた。

「これ以上あんたに馬鹿にされるのはコリゴリなんだよ！」

「言っておくが、俺はお前を馬鹿にしたことは一度もない」

香山の静かな口調に、一瞬、後悔が痛みに変わって元の胸を掠《かす》める。

「本当にやめるつもりか？」

「……やめる」

「本当に？」

「うるせーな！　やめるったらやめるんだよ！」

「今日まで重ねてきた努力を水の泡にするなど、馬鹿のすることだ。もったいないと思わないのか」

「ほらみろ！　馬鹿っつった！」

「揚げ足を取るんじゃない！」

元はプイと横を向いた。

「俺は勇気が好きだ」

微《かす》かに空気が揺れる気配がして、香山は驚いたようだった。

「天然でトロいとこあっけど、いいやつだし。いっしょにいるとあんたと反対で、めちゃ癒されるし。ずっと仲良くしてこうと思ってる。だから、困ってる俺をなんとかしたいってあいつの気持ちをスルーしたくなくて、もともと点取る頭なんかないくせに必死に机にかじりついてたんだ」

一度視線を逸《そ》らしてしまうと、怖くて香山が見られなかった。言葉とは裏腹に揺れている、後悔の気持ちを滲《にじ》ませている心を見透かされてしまいそうで。

「全部、あいつのためだよ！　勇気のため！　けど、もう無理！　もう限界！」

見つめる香山の視線を感じる。

「あんただって、そうじゃないか。可愛い弟の頼みだから、断れなかっただけで……。別に俺のことなんか本気で――」

元は言葉を呑《の》み込み、赤くなった。

なに、子供みたいなこと言ってんだ、俺は――！

「その質問に関しては、前に一度答えたはずだ」

「お前のためにやってるんだって……、あれ?」

元は「うそだね」とさらにそっぽを向いた。あと戻りしたい気持ちが芽生えているのに、ちっとも素直になれない。

「もういい」

まるで元への関心をまったく失くしてしまったかのような言い方に、心臓がドキンと鳴る。

「お前のしたいようにすればいい」

元はうつむき、拳《こぶし》を握りしめる。

「帰れ」

怒りを押し殺した香山の声は、どこか苦しげに元の耳に響いた。

元は扉に向かった。

ノブに手をかけ、ふとサイドボードの上に置いてあるものに目を留めた。

香山の持ってきた、何種類もの参考書や問題集。

元の胸にまた、微かな痛みが走った。

色分けされた付箋《ふせん》が整然と付けられたそれを、不出来な教え子のため、香山がしっかり使い込んでいるのがわかる。

一番下から、大判の雑誌がはみ出していた。

あれは……。

毎号テーマをひとつに絞って洋服や靴、アクセサリー、雑貨などを紹介する若者向けモノマガジン。元も必ず立ち読みをする。

あれは確か、去年の暮れに出た号。プレセアBの特集が組まれていた。ひと目惚《めぼ》れしたベルトも新商品として大きく取り上げられていたので、自分のものにできないならせめて写真だけでもと、この号だけは買って大切に持っている。そんな話を香山にしたことがあった。

今は店頭にはないはずだから、出版社に電話をしてわざわざ取り寄せたのだろうか？

(俺のために……？)

(俺が試験でいい点数を取れると、信じているから？)

『必ず結果は出る。お前を信じようとする気持ちがなければ、今日まで続かなかった』

――香山の言葉がうそではないことを、雑誌は教えてくれた。

「俺……っ」

元は思い切って振り返ったが、遅かった。

窓際に立つ香山は、元に背を向けていた。

時々感じる香山とのもどかしい距離をまた目の前にして、元は何も言えなくなった。

踏み込めない一線。

独りでいることを頑《かたくな》に守っているような、後ろ姿。

元はあきらめて部屋を出た。

「いいの、元？　卒業後のこと、もう一度考えてみなくて？」

●○●

夕方――。隣のバーへホステスのパートに出かける母親を玄関まで見送りに出た時、今思いついたというさり気ない口調で聞かれた。彼女は下駄箱の前に立って、鏡を覗《のぞ》き込んでいた。指で毛先をはね上げるようにして、髪形を整えている。

母親が急にそんなことを言いだした理由は、わかっていた。昨日の、夏休み直前の三者面談がきっかけだ。一年生の時からずっと就職希望で通してきたのが、なまじ定期試験の結果が良かったものだから――しかも、全教科！　――一度立ち止まって迷う価値があるんじゃないかと思い始めたのだ。

ただし、良かったといっても今までに比べたら――という程度。相変わらずクラスでは下から数えた方が早い。それでも、担任を満足させるには十分な点数だった。加えて香山に課された合格点のハードル――おそらく今の元の力を考慮し、設定してくれたのだろう――も、何とかクリアできた。

ベルトのご褒美をもらう約束は無くなり、香山との関係も白紙に戻って、元にとってはもはやどうでもいい試験だったのだ。良い点を取ろうという意気込みも、正直ゼロだった。てっきりいつもと変わらない悲惨な結果に終わると思っていたら……。力がつくとはこういうことを言うのかと、学校と名のつくところに入って元は初めて実感していた。

担任は自分が活を入れたからだとそれとなく自慢していたが、もちろん感謝すべきは香山だ。教師たちがとっくに投げ出し放置していた元を香山が引き受けてくれたからこそ、残せた結果だった。

香山は元を馬鹿になどしていなかった。反抗する元にいちいち腹を立て、正面切ってぶつかり合うほど、香山はいつも真剣だった。

「お前、やりたいこと、あるんじゃない?」

「え?」

「やってみたい仕事って意味よ」

生活に追われ時間に追われていても、やはり親は親だ。息子たちのことはよく見ている。たぶん、母の想像は当たっていると思ったが、元は「別にない」と答えた。口にするのも気恥ずかしい、まだ誰にも打ち明けていないその夢は一生夢のまま。叶《かな》うことなく終わらせる予定を変更するつもりはなかったからだ。

「俺より光司だよ。俺も頑張るからさ、絶対、大学行かせようぜ。頭いいんだし、もったいねえよ」

「そうね」

「光司がしっかりしたトコに就職する頃には、ウチももっと余裕があるはずだし。そしたら美里や下のチビたちも、高校出たあと好きな道に進ませてやれるだろ」

「本当にいいの?」

母親の一言からは、頼りにしている長男の将来について改まって話を聞く機会を持たなかったことを申し訳なく思う気持ちが感じられたが、

「いいんだって!」

元は面倒くさそうに手を振った。

「お兄ちゃんは、頭は軽いけど男前よねぇ。女の子にはもてるわよ」

「アタマ軽いって、ひでーな。誰の子供だよ」

母親を送り出すと、元はため息をついてその場に座り込んだ。

「だりー」

投げやりな仕種《しぐさ》で、大の字に引っ繰り返る。

「なんかいいことねぇかな」

右を向いたり左を向いたり、ゴロゴロ。

そんな自分をまるきり子供だと感じて、元は舌打ちをした。

男前？　誰が？

家族の前では一人前でいようと頑張ってはいる。学校でも、誰かとべったりつるんでお互い頼ったり頼られたりするキャラではないし——。

なのに、香山の前に出るとなぜか調子が狂う。ちっともうまくいかない。

ガキ扱いするなと文句をぶつけておきながら、香山と最後に会った日のカッコ悪さと言ったら——！　何でも思いどおりにならないからと拗《す》ねて癇癪《かんしゃく》を起こすガキ以外の何物でもなかった。

煙草を吸うのにまるで罪悪感がなかったのは、法律上は問題でも現実的には無問題だという気持ちがあったからだ。家族のために頑張ってるんだ、母ちゃんともども家族を支える柱の一本なんだ。年は十八でも、とっくに中身は煙草だって酒だってＯＫの年齢に育ってるんだと。

元には自負があったのだ。

でも、本当は——。

『あいつは強がっているだけ。どこにでもいるただの十八歳だ』と言ったのは、ほかでもない香山だ。

「いーかげん、ウザすぎっ」

言葉に出して、元は自分を罵《ののし》った。

「もう終わったんだよ！」

香山に会うことは、二度とない。

いや……、今は二度と会いたくない気分。

あんな終わり方をしたことを悔いる気持ちはあっても、香山とのことは最初から全部無かったことにしたかった。とにかく忘れたい。思い出すと何だかおかしな気持ちになるから。一人ぽっちで放り出されたような、暗く悲しい感情と出会うのは、父親が亡くなった時を除けば元にはほとんど覚えがなかった。

一秒でも早くもとの自分に戻りたくて、元は勇気からも遠ざかるようになっていた。勇気といると、いつ何がきっかけで香山と顔を合わせることにもなりかねない。さすがに避けられているとわかったのか寂しそうな勇気に、

(ゴメン!)

元は心のなかで手を合わせ、しばらく我慢してもらうしかなかった。

「あ――」

弾みをつけて起き上がる。

「そろそろ行かねーと……」

携帯で時間を確かめる。

ウサ晴らしに仕事に精を出す、などという殊勝な考えとは縁のない元は、ここ二、三日、嘘をついてバイトを休んでは遊び回っていた。香山の特訓が始まって以来、誘われる一方でほと

んどつき合えなかった玉置《たまき》たちといっしょに。

（八時だったっけ）

元が時間を確かめていると、

「お兄ちゃん、また、どっか行くの？」

「ちょっとな」

美里が廊下の向こうから駆けてきた。元の背中に遠慮がちに張りつく。柔らかな頬が耳のあたりに重なり、美里は元の顔をヒョイと覗き込んだ。普段はそんな素振りはまったく見せないくせに、時々誰もいなくなるとそっと身を寄せてくる。そんな美里の甘え方を元は可愛いと思っていた。羨《うらや》ましく感じることもあった。

「もうすぐ塾が終わって光司が帰ってくっから、みんなで留守番できるよな」

「お腹痛いの、治った？」

美里が心配げに聞いてきた。

「腹？」

別になんともないぞと言いかけ、ふと、確かにどこかが始終じくじく疼《うず》いているのに気がついた。

「兄ちゃん、痛がってるように見えるか？」

「うん。士郎も省吾も、元気ないんだ。遊ぼうって話しかけても兄ちゃんには聞こえないみたいで、答えてくれない。俺たちのこと、忘れちゃったのかも、どうしようって相談してた」

元は苦笑した。

きっと香山のことを思い出している時だ。

いつの間にあの人は、俺を振り回すこんなにも大きな存在に変わっていたのだろう。

「痛いのは……別んとこかも」

「？　どこ？」

たぶん、このへん——。

元が手を当てたのは、鳩尾《みぞおち》のちょっと上あたり。

(バカじゃね？)

軽く突っ込む。

(胸がシクシクって、なあ。女好きになったわけでもねぇのに)

元の目がぎょっと大きくなった。

好き——？

香山が元にとって大切な人間だと指摘したのは、光司だ。

触れている場所が急に熱くなった。

「ただいま」

帰ってきた光司と目が合い、我に返る。

香山が好き――。

何の前触れもなくいきなり頭のなかでクローズアップされた言葉を振り切り、元は立ち上がった。赤の差し色の効いたお気に入りのスニーカーに、乱暴に足を突っ込む。

「ハンバーグ、あとは焼くだけだから」

「また遊びに行くの？」

「サラダは冷蔵庫。チビたちの嫌いなトマトも入れた。あ、美里――あいつらに言っといて。ちゃんと食わねーと、兄ちゃん、お前らのことホントに忘れちゃうぞってさ」

「ねぇ、またあのやくざみたいな人もいっしょ？」

光司は玉置を嫌っていた。やくざではないが、下っ端とはいえその筋の人間とも多少つき合いのある玉置の放つ狡《ずる》くて野蛮なオーラを、たった一度見かけただけで敏感に察知していた。

「あと三日、好きにさせてくれよ。そしたらまたバイト頑張るからさ」

「バイクに乗せてもらうの、やめた方がいいよ。あの人、平気で信号無視とかするんだろ」

「今日は会ってそのへんフラフラするだけだよ」

「そのへんて？」

「待ち合わせが駅裏のパチンコ屋の駐車場だから……、たぶん二丁目の飲み屋街とか最近新しく漫喫のできた通りとか――」

元は適当に答えておいて、俺のことはいいからお前は勉強だけしてろと肩をつつく。

「なんでそんなとこで待ち合わせ？　おかしいよ。何かあるんじゃないの？　嫌な予感がするなあ」

玄関先の光司は、不安そうな表情でいつまでも元を見送っていた。

光司の勘は当たっていた。それもかなり最悪な形で——。

今夜呼び出されたのは玉置たちの喧嘩に加勢するためだと知ったのは、約束の場所で落ち合ってすぐだった。

潰れかけたパチンコ屋の駐車場。店の裏手の、通りからかなり奥まったところにあるせいだろう。管理もいい加減で掃除もろくに行き届いていないガランとしたその場所は、喧嘩の舞台にはもってこいだった。

こちらは、元も入れて四人。相手は、競り合っているライバル店のホストたち。

「このところ立て続けに客を引っ張られてんだよ！　む、か、つ、く！」

要は縄張り争いだ。吹き荒れる不況の嵐《あらし》で、どの店も売り上げをキープするのに必死だ。客のキャバ嬢を盗ったの盗られたので、常に一触即発の状態らしい。

同じクラブでも一流どころはトラブルを起こさないよう教育が行き届いているようだが、玉置の店もライバル店も所詮《しょせん》はよくて二流半。言葉より拳《こぶし》にものを言わせるのが得意な血の気の多い若者を、たくさん飼っていた。

しかし、元が本当に焦ったのは、玉置に説明を聞いたその直後だった。

「はじめちゃん！」

突然、駐車場の入り口に現れた勇気に手を振られた時は、一瞬なぜ彼がここにいるのかわからなかった。

「僕も入れてもらってもいい？」

真っ直ぐに駆けてくると思い切った様子で「入れてくれるよね」とねだった勇気に、元の口は馬鹿みたいに半開きになる。

勇気は元のあとをつけてきたのだと言った。場違いな制服姿が浮いている。

なんだ、こいつ？　と、玉置たちはあからさまに訝《いぶか》しげな視線を飛ばしている。

「僕、香山です。はじめちゃ……内海先輩と同じ高校の生徒です。よろしくお願いします」

玉置たちに向かって律儀に、おっとりとした動作で頭を下げる。

「お前、なんで……」

「はじめちゃん、この頃、ほかの人とばかり遊んで相手にしてくれないからつまんなかったんだ。いつもなら暇になるまで我慢して待ってるんだけど、もうそういう意気地のない真似はやめようと思って。はじめちゃんも、こうしたいと思ったら自分から行動しなくちゃダメだって叱《しか》ってくれたよね」

だから、今日こそは名前に恥じないだけの勇気を振り絞ってやってきたのだと胸を張る勇気に、クラリッ。元は危うく目まいを起こして倒れそうになった。なんというタイミングの悪さ！　おまけに空気がまったく読めてない！

よろしくお願いしますっ、じゃねぇっつーの！

「馬鹿！　こっち来い！」

元は勇気の手を取り、玉置たちから少し離れた場所に引っ張った。

「大丈夫だよ。家には文化祭委員の仕事で遅くなるって言ってきたから」

「俺は俺の事情があって、お前から離れてんだよ！」

勇気の目が丸くなった。

「事情って？」

「それは……その、匠さんと喧嘩したっつーか……」

「兄さんと？　本当？　試験も終わったから、そろそろ勉強再開するんじゃないの？」

「しない」

「おかしいなあ」と、勇気は首を傾《かし》げる。

「だって兄さん、はじめちゃん用に夏休みのテキスト用意してたよ？」

逸らされていた元の目が、バッと勇気に戻った。

「マジ？」

今度は元が聞き返す番だった。

完璧《かんぺき》主義者の香山は、参考書や問題集を徹底活用し元用にオリジナルの教材を作る。一昨日、新しくできあがったものを確かに見たと勇気は元に教えた。

（でも……なんで？）

気がつくと、すぐそばに玉置の顔があった。

「てめぇが香山か？」

勇気を上から下まで、舐《な》め回すように眺めている。

「この前はいい挨拶《あいさつ》してくれたよなあ？　なあ！　覚えてんだろ？」

意地悪そうに目を細め迫ってくる玉置に、勇気の方は何を言われているのかわからないのだろう、戸惑っている。

玉置は勘違いしているのだ。以前、香山は香山でも兄の方に一方的に電話を切られたことを、今も根に持っているに違いない。

実際、元にイベントのチケットを買わせるつもりだったのがダメになって、玉置は怒っていた。次に顔を合わせた時、こめかみに青筋をビキビキ浮かべた彼に、元は危うく二、三発食らうところだった。

「俺たちと遊びたいのか？」

何を思いついたのか、玉置は「いいぜ、歓迎してやる」と唇を歪《ゆが》めて笑った。

勇気の指が、元の腕を掴《つか》んだ。さすがの勇気も気がついたようだ。玉置が自分の周りにいるどんな人間とも違う、危ない人種だということに。元やその仲間たちがいくら素行が悪いと言っても、勇気にとっては友達になれると思える相手だ。

「さっそくお前にも手伝ってもらおうか」

玉置のとんでもない考えに元が気づいた時――すでに駐車場をこちらに向かって歩いてくる、黒のスーツで固めた男たちが見えた。

「何を手伝えばいいんですか……?」

怯《おび》えて尋ねる勇気の視線は、いかにも暴れたくてウズウズしていそうなホストの一団へと吸いよせられる。これから何が始まるのか、答えを聞かずとも想像がついたのだろう。

「玉置さん!」

「てめーは黙ってろ!」

「こいつなんかいたって、何の足しにもなんねーよ!」

止める元を無視して、

「新入りは最初に行くのが決まりだ!」

玉置は勇気の背を突き飛ばした。

勇気は前のめりによろけて、敵の先頭を切って歩いていた男の前に転がり出た。

男と勇気の間には、大人と子供とまでは言わないがかなりの体格差があった。

ゴツイ男の指に、凶器と見紛《みまが》うデカイ石を嵌《は》め込んだ指輪が光っている。

「なんだ、てめーは？」

酒焼けした赤黒い顔に睨まれ、すくみ上がる勇気。名乗ることすらできず今にも震えだしそうなその姿が癇《かん》に障ったのか、男は無言で手を上げた。うるさい子犬を払いでもするように振り下ろす。

「勇気！」

とんでもないことになったと呆然《ぼうぜん》と突っ立っていた元の足が、ようやく動いた。身体を張って勇気を庇《かば》う。それが合図となって、二つのグループは乱闘に突入した。

ヤバイ。

拳をまともに食らわなくてもわかる。

あのデカイ手の甲が頬を掠めただけでも、相手の強さは怖いぐらい伝わる。

マジ、ヤバイ。

元は直感した。今相手をしている男が、自分よりはるかに格上だということを。スマートな喧嘩作法が有効なのは漫画のなかだけの話で、現実に勝敗を左右するのはその人間の凶暴さだ。人を殴って傷つけ、いかに平然としていられるかで勝ちが決まる。

元も他校の生徒と衝突した経験はある。だがそれは話し合うのがかったるい自分たち流のコミュニケーションであって、本物の殴り合いではなかった。

(ヤベェよ!)

殴られて、口のなかが切れた。

広がる血の味。

首から上がカッと熱くなり、次には猛然と痛みが込み上げてきた。

泣きたくなった。

逃げようと思えば逃げられるのだから、今すぐ回れ右してダッシュしたかった。

でも、できない。勇気を守って戦うのが、今このシーンで自分に与えられた役だからだ。

カッコよくて頼りになるはじめちゃんのイメージを、壊したくなかった。母親や兄弟の前でもいつもそうであるように、勇気にみっともないところを見せたくなかった。意地だけが、元の気力を奮い立たせる。

「お前は隠れてろ! 終わるまで出てくるなよ!」

何とか最初に勇気だけは停《と》めてある車の陰に避難させたが、

——ダメだ!

どんなに意地を張っても、よろけて膝《ひざ》をつきかけたり腹を押さえてくの字に身体を折ったり、相手に押されてどんどんカッコ悪く、惨めになっていく。

(持たねぇ!)

どうしようとパニックになりかけた時、こっちに向かって走ってくる人影が見えた。

「やめろ！」

乱れた場の空気が一瞬で静まり返る、鋭い声が飛んだ。

「匠さ……ん……！」

すっかり上がってしまった息の下から、元は香山を呼んでいた。

全力で駆けてきたのだろう。近づいてきた香山のスーツのネクタイは、彼の性格からはあり得ないほど曲がっていた。シッポの方が、上着の胸もとから飛び出してしまっている。

「なんだよ、汚ねぇぞ。あとから援軍を呼ぶ計画だったのか」

敵は香山を玉置側の人間と勘違いした。

「お前たち、ここがどこの組のシマかわかって暴れてるんだろうな」

香山の口から飛び出した台詞に敵も味方も、そこにいる誰もが驚き、動きを止めた。元も目を丸くし、香山を見つめる。自分たちを助けるため、てっきりここは警察を呼んだとでも脅しをかけるのかと思っていた。

「問題を起こせば、すぐに組の人間が飛んでくるぞ。仲裁にかこつけて、両方から示談金を強《ゆ》請《す》り取るためだ」

「誰だ、お前……」

ボスの指輪男がわずかに身を引き、香山を凝視した。

香山は元の聞いたことのない——だが、おそらくはこの界隈《かいわい》で水商売をしている者には当然の知識として知られているのだろう——組の名前を口にした。

「お前たちも商売柄、やつらが金に汚いのは知っているだろう？　一度エサにされたが最後、何だかんだと理由をつけて骨までしゃぶりつくされる。それでもいいのか？」

「俺、聞いたことあるぞ！」

ホストの一人が小さく声を上げた。

「金庫番もしてる、頭のやたらキレる若頭《わかがしら》がいるって話」

「俺も聞いた。組長の片腕で、組の裏番みてーなもんだって……」

香山は薄い唇をわずかに引き上げ、ぞっとするような冷たい笑みを浮かべた。

「だったらどうする？」

男たちはざわつく。

香山を見つめる目に、みるみる焦りの色が広がっていく。

元は……、元はちょっとぽーっとなってしまっていた。

（……カッコいいかも……）

香山がまるで別人のように見えた。いや、あれはもしかしたら……隠されていた彼のもうひとつの顔なのかもしれない。

これはハッタリだ。彼がそのナントカ組の若頭であるわけがないし、そもそもどんな理由が

あったとしても他人に暴力を振るうような真似を香山がするはずがない。

この場を切り抜けるため、すべては香山の賢い頭がとっさに捻り出した作戦に違いなかった。

それにしても、度胸がある。

冷たく落ち着き払った話し方には、思わず背筋が伸びるような凄味《すごみ》があった。

もはやホストたちの誰もが香山をスーツを着たやくざの顔役だと思い込み、疑っていない。

「チッ」

聞こえよがしに舌打ちをし、卑怯《ひきょう》者が！　腰抜けが！　と玉置を罵ると、ボスは三人に顎をしゃくって引き上げてしまった。

おかしかったのは、玉置たちまでもが香山を怖い相手と信じてそそくさと逃げ出してしまったことだ。「あの人と知り合いなら、今度紹介してくれ」と、抜け目なく元に耳打ちをしてから——。


「兄さん！」

車の陰から飛び出してきた勇気に、

「お前もいたのか!?」

香山はびっくりしている。しかし、すぐに我に返って駆け寄ると、怪我《けが》はないかと確かめる。

「大丈夫だな」

無事だとわかると、兄は弟の頭を軽く抱くような仕種をした。ほっとした表情を浮かべる。

「大丈夫に決まってるよ。だって僕、はじめちゃんといっしょだったんだよ？」

勇気は、疲れて両足を投げ出し座り込んでいる元を眩《まぶ》しげな目で見やると、

「ね？　俺の言ったとおりでしょう？　はじめちゃんは弱くなんかないよ」

弟は兄に胸を張った。

一方、元は元で驚いていた。

「ねぇ……？」

信じられないという顔つきで香山に尋ねる。

「勇気を捜しに来たんじゃねぇの？」

てっきりそうだと思っていた。この時間になっても帰らない弟を捜し回って、幸運にもこの場所に辿《たど》りついたのだと。

「いや……。委員会で遅くなると言っていたのを信じていた」

「じゃあ――」

一瞬躊躇《ためら》う表情を見せたが、香山は元の前にやってきた。

「忘れ物を返そうと、お前の家に電話を入れたんだ。光司君が出た」

「光司が？」

見上げた香山は気のせいか、少しバツが悪そうだった。

「心配していたぞ」

ここのところ兄はよくない仲間と遊び歩いている。今夜も呼び出されて出かけたのだが、気になってしかたがない。悪い予感がすると、光司は香山に愚痴ったという。

「俺がちょっと行って様子を見てくると言ったんだ。この場所は光司君に聞いた」

「じゃあ、俺のため……？　俺のために来てくれたの？」

目線でも尋ねた元に香山は頷かなかったが、つまりはそういうことだ。香山は元のために駆けつけてくれたのだ。ネクタイがひん曲がり、額に汗が浮くほど全力で走ってくれた。

勇気じゃなくて俺のために来てくれたんだ——。

美里や省吾たちにも見抜かれるほどダメージを受け、疼き続けていた胸がにわかに熱くなった。

「はじめちゃん！」

頬を上気させ、興奮した様子の勇気が近づいてくる。咄嗟《とっさ》に立ち上がろうとした元を、さり気なく後ろに回った香山が手を添え支えてくれた。勇気にはわからないように。

捻りでもしたのか、右膝が痛んで力がうまく入らない。元が地べたに座ったままでいるのは疲れているからではないことを、香山はとっくに見抜いていた。

「突っ張れるか？　あとで病院に連れて行ってやるから、今だけ我慢しろ」

勇気に聞かれないよう、香山がこっそり耳打ちする。

元の胸は、またジンと熱くなった。勇気の前ではカッコよくありたいという元のプライドをも、香山は理解してくれていた。

「はじめちゃん、ありがとう」

「怪我がなくてよかったな」

「ごめんね。僕……」

勇気はうつむき、怖くて出て行けなかったと謝った。

「いいんだよ。それがフツーだって。俺だって怖かったし」

「はじめちゃんも？　ほんと？」

勇気は驚いて、「ぜんっぜん見えなかったよ」と大きく首を横に振る。元を見つめる瞳の輝きは、少しも損なわれていない。自分の危機に必ず現れるヒーローに憧《あこが》れる眼差しだ。

「匠さん」

元がそう呼んだ時、香山はちょっと変な顔をした。彼の前で初めて名前で呼んだので戸惑っているのだと気づいて、元は薄赤くなった。つっかえ棒代わりの手が添えられているところまで熱い。湧《わ》き起こる恥ずかしさを向こうへ押しやり、元は聞いてみた。

「さっきの、ハッタリでしょ？　匠さんがやくざの幹部であるわけないもんな」

「あたり前だ」

「でも、どうして？　このへんがどこのシマかなんて詳しい情報、なんで持ってんの？」

「飲んでいる時に小耳に挟んだだけだ。同じカウンターにいた筋者《すじもの》らしい客とマスターが話していた」

「へぇ？　やーさんが出入りするような店で飲むことあるんだ？」

「昔はな」

「そもそも匠さんてアレすぎて──えーとなんだっけ？　ヒンポウコーセー？　とにかくクソ真面目すぎて酒好きとは思えないし」

「品行方正か？　俺だって酒ぐらい飲む」

勇気が「兄さん、実は結構強いんだよね」と、何やら秘密めいた笑みを浮かべている。

香山は勇気に、表通りまで出てタクシーを捕まえてくるよう頼んだ。

「ここからはウチの方が近い。お前を下ろしたら、彼は俺が送っていこう。光司君たちが心配しているだろうから、少しでも早い方がいい」

どうやら送る途中で、勇気には内緒で病院に寄ってくれるらしい。

「もうイッコ、質問。忘れ物ってなに？　俺、なんか置いてきたっけ？」

元の二つ目の質問に、すぐに返事はなかった。ややあって、「煙草だ」と香山。

「煙草？」

封を切ったばかりの箱を、ごみ箱に捨てられてしまったことを思い出した。

でも、なんで？　一度捨てたものをわざわざ拾い上げてまで、どうして？

元は首を傾げた。

「やめろってあんなに怒ってたのに？　あんたって、やっぱマジメなヒトだよね」

すると走って行きかけた勇気が足を止め、くるりとこちらを振り返った。

「もしかして、仲直りのきっかけにしたかったたんじゃない？」

はあ？　と、元の目が丸くなる。

「二人は喧嘩してたんだよねぇ？　いつもは言い合いしながらも勉強はちゃんとできるぐらい仲がいいのに、何が原因だったの？　あとで聞かせてね」

勇気らしい、まるきりあさっての方を向いた質問をして、やけに元気な後ろ姿はあっという間に遠ざかって行った。出会った頃の、愛嬌《あいきょう》はあっても危なっかしいモタついた走り方は、不思議なことにいつの間にかずいぶん活発なしっかりしたものに変わっていた。

忘れ物は、口実？　仲直りのきっかけを作るための——？

香山は何も言わない。

確かめたかったけれど、元にその勇気はなかった。だが、二度と会わないつもりで別れたあの日の冷たく張り詰めた空気は、もはや二人の間からは綺麗に消えていた。今なら元も少しは素直になれそうだ。

「ダセーよな」

勇気の姿が見えなくなったとたん零《こぼ》してしまった元に、香山は「そうだな」と返した。

たったそれだけ。慰めも励ましも、わざとらしいフォローはまったくなかった。

かえってそれが、元には嬉しかった。大きく見せようと頑張っていた身体から適度に力が抜けて、気分がずいぶん楽になった。

勇気に向かってお前だけじゃなく俺も怖かったんだと、今までの自分なら絶対聞かせたくない本音を気がつけばさらりと口にしていた。

香山を盗み見た。

カッコ悪くても、馬鹿にして嘲笑《わら》ってなどいない。

香山に心配してもらえたのが、純粋に嬉しかった。

さっきからもう何度も熱くなっている胸が、また、疼いた。

この疼きの正体が何か、元は薄々気づいている。

いいやもう。この人には、突っ張って痩《や》せ我慢してカッコつけてるダサイ自分を見られたって——。

そう思えたとたん、右膝の痛みが鼓動に合わせてドクンドクンと脈打ち始めた。

「イテテ……」

元は声を上げ、素直に顔を歪めた。

「座って待とう」

元は頷き、差し出された香山の手につかまった。そろりと腰を下ろそうとしてうっかりバランスを崩すと、その胸に半分埋まる。

と——。

勇気にそうしたように、香山の手が元の頭を軽く抱き寄せた。

「馬鹿が！」

そうせずにはいられないという、乱暴な力だった。

「無茶ばかりして、周りの気持ちも少しは考えろ！　何を言ってもそっぽばかり向かれたんじゃ、こっちもどうしていいかわからなくなるだろーが！」

元を叱ったその口で、香山は呟いた。

「間に合ってよかった。あと少し遅かったら……」

安堵《あんど》のため息とともに零れたその一言に、元の身を心から心配していた彼の思いが滲む。

ふわりと離れて行く香山の手の感触を、元は視線で追いかける。

嬉しい気持ちが何倍にも膨らんだ。

「他人に係わるのはまっぴらなはずなのに、なんで気がつけばお前とはこうなんだ」

独りごちた彼の台詞も、お前だけが特別と言われているような気がした。

(え……？　なにこれ？　わけわかんねぇ)

ドキドキと急にスピードを上げ始めた鼓動に、元は焦る。

(どーしちゃったの、俺？)

走る鼓動の理由はわからなくても、自分がもう一度香山とやり直したがっているのはわかる。

元は腰を下ろすと、香山もスーツが汚れるのも構わず肩を並べてくれた。

「勇気に聞いたんだけど……」

「ああ？」

「俺用の問題集準備してくれてるって、ほんと？」

「一応な」

「んじゃ、またベンキョーしてやろっか？」

少しはイイコになれると思ったものの、やっぱり口は素直にならない。

「せっかく作ったの、無駄にしたらもったいねぇもんな」

「テストの結果、良かったんだって？」

「えっ？　あ……うん……まあ……」

「俺の出したラインは？　クリアした？」

「した」

「じゃあ、その前に約束の履行だな。時間を作って買い物に行くか」

「うっそっ！　マジ⁉」

勢いよく立ち上がってしまった元だが、すぐにまたうずくまった。膝を摩《さす》って涙目になりながらも急いで確かめる。

「あの約束、今も生きてんの⁉　もうとっくにナシにされたんだと思ってた！」

「お前の家庭教師を引き受けた時に言っただろう。約束は守る」

「いつ⁉　いつにする⁉」

「何が？」

「買い物だよ！　いつ行く⁉　次の日曜は⁉　それとも夏休みに入ってから⁉」

ジタバタ興奮している元を、香山は呆《あき》れたように眺めている。

「あーっ、でも待てっかな！　夏休みまで、あと何日あるっけ？」

「やっぱりガキだな」

本当に。もはや香山の前ではあるがまま何も隠そうとしない元に、クスリと押し殺した笑い声が漏れた。

見れば香山の口もとに、あの日一度だけ見た微笑《ほほえ》みが浮かんでいた。

勇気によく似た、優しく柔らかな笑顔。

こうして目の当《ま》たりにして、初めてわかった。自分がこの顔をとても見たがっていたのだと。

つい見惚《みと》れてしまいぼーっと熱くなった頭の片隅で、元はぼんやり思い出していた。

『はじめちゃんには弱点ないの？』

知り合ったばかりの頃、勇気に聞かれたことがあった。

あの時は、何も思いつかなかった。

でも、今聞かれたら、たぶんあると答えるだろう。

元の弱点――。

まず、惚《ほ》れたと思ったが最後、一気にハマること。

そして。

ハマると、相手のことしか目に入らなくなること。

幸福な恋でも苦しい恋でも。

●○●

「勇気ちゃん♥」

「やめてよ」

「お前、何気にレベル高くね？」

「うそだよ」

「いや、マジ。二百パー、マジ。だってこうやってそばで見てると、な〜んか変な気分になるもんな」

「どういうの？」

「つい触りたくなるとか」

「え？」

「抱きしめてキスしたくなるとか……」

「や……、そんなとこ──」

「勇気ちゃん、お肌すべすべ〜！」

元が襲いかかると、勇気もその気を出してかキャアキャア甲高い声を上げて逃げ回る。容赦なく飛びついて捕まえ、元がその紺色のでっかいリボンに飾られた胸に顔を埋めていると、

「お前たち──」

唖然《あぜん》とした声が聞こえてきた。

「何をやってるんだ？」

ノブを握ったままの格好で、開いたドアの向こうに香山が立っている。半ば絶句しているの

も無理はない。

めくれあがったスカートから覗く、白い太腿《ふともも》。貧乳ながらリボンの解けかけた胸は、そこはかとなく色っぽく……。ベッドの上、セーラー服姿の弟をケダモノのごとき荒々しさで元が押し倒しているのだから。

勉強が終わったあと、いつものように勇気の部屋で遊んでいたところだった。香山は夏休みのスケジュールについて打ち合わせようとやってきたのだ。

普段、めったなことでは表情を変えない香山が不思議なぐらい動揺しているのが楽しくて、元はつい勇気を抱きしめ、自慢する。

「可愛いっしょ、こいつ」

「はじめちゃ……、苦しいよ」

くぐもった声を上げ、何とかして逃げだそうと身を捩《よじ》る勇気。初めて会った時、一番最初に目を惹《ひ》かれた柔らかな髪が、相変わらず雛鳥《ひなどり》の綿毛のごとくふわふわと喉《のど》をくすぐる。

あれ――？

冗談のつもりだったのに、次第に香山の表情が洒落《しゃれ》にならない険しいものに変わっていくようで、元は勇気の胸から顔を上げた。つかつかと近づいてきた香山は、ハリセン代わりの丸めた書類でパコーンと二人の頭を殴った。

「男同士で何のつもりだ。ふざけるのもそこまでにしておけ」

「ごめんなさ〜い」

勇気は元の下から抜け出すと、叩かれた頭を摩りながらのんびりと謝った。

「——で？」

兄は弟の前に仁王立《におうだ》ちして見下ろした。

「なぜお前がそんな格好をしてるんだ？　まさか俺の知らない趣味でもあったのか」

ううんと勇気は首を横に振る。

「文化祭の予行演習なんだ。スカート穿《は》くの初めてだから、みんなの前で着る前に試してみようと思って。はじめちゃんに見てもらったの。似合わないより似合った方がいいでしょ？」

二日にわたって行われる文化祭で、勇気のクラスは喫茶店を出すことになった。今では少々流行遅れな感もある、執事喫茶＆メイドカフェだ。

一番の売りは、何といっても執事には女子が、メイドには男子が扮すること。勇気を含めコスプレ担当の生徒の衣装は、それっぽいものなら何でもＯＫだという。

「メイド服の都合がつかない人は女子に私服や制服借りるってことになってて、これもクラスの子のお姉さんのお古なんだ」

「正気なのか？」

頭が痛いとでも言いたげな表情で、香山はこめかみに手を当てた。

「でも、頑張ってるよ、勇気」

元がすかさずフォローする。

「リーダー任されるって決まった時は、今すぐ放って逃げ出したいって顔して泣きついてきたけど」

トレードマークのハの字眉も、このところあまり見なくなった。

「最初にはじめちゃんに突き放されたのがよかったみたい」

自分で何とかしろ、その代わり愚痴は全部俺にぶつけてあとは笑ってろという元のアドバイスどおりにしたらうまくいったのだと、勇気は兄に嬉しそうに報告した。

「お前が先頭に立って何かをするというのは、今までなかったことだからな。積極的に取り組むのはいいことだ」

ただし——家庭の平和のためにも家のなかでその格好は禁止だと、兄は弟に約束させる。

「あんま怒らないでやってよ」と、元。

「休み前でハイテンションだったのは、ゴメン、俺だから」

でもでも、高校最後の夏休みだ。受験勉強に汗をかくクラスメートを尻目《しりめ》に、目いっぱい好き勝手に楽しめる夏なのだ。バイトはあるし香山との自主学習もまだまだ続くが、何か起こるんじゃないかと期待で気分がハイになっても罪はないと思う。

「一番生活が乱れやすい時だな。開放的な気分になっているところを悪い仲間につけ込まれたりするんだ」

香山はたぶん、玉置たちのことを言っている。

「言っとくけど、俺、この間のやつらとつき合うのやめたから」

元はさり気なく報告した。

じっと見返す香山の眼差しが、元が本気で言っているのか決意のほどを探っている。

「遊びの波長は合うしバイクにも乗せてもらえるしで、つるんでたんだけどさ。今はもう勇気といる方が楽しいから」

見つめる香山の目が、ふっと大きくなった。

「バイトや勉強に取られてろくに残って無い貴重な時間なんだ。どーせなら、勇気といた方がユーイギかなと思って」

「嬉しいな。そしたら遊ぶ時間、増えるね」

セーラー服の胸を揺らして、元の隣で勇気が無邪気に笑う。調子のいいナンパ男に引っかかった、ノーテンキな女子高生に見えないこともない。

「勇気の力もたいしたものだ」

皮肉だろうか。香山には冷たく言われてしまった。

まあ、呆れられても無理はなかった。誰と仲良くしようと俺の勝手だ、あんたの忠告なんか聞くもんかとあれだけ抵抗していたのだから。

ちなみに煙草もやめた。一大決心の末断ったわけではなく、自然と手が伸びなくなっていた。

恥ずかしくなったからだ。精神年齢は二十歳越えのつもりでいたけれど、実際は全然ガキで情けなくて弱いところもたくさんあって。なのにその気で偉そうに鼻から煙を上げている自分を、カッコ悪いと感じるようになった。

夏休みの宿題——と称する恐ろしく分厚いプリントの束をチェックしている、香山の横顔を見つめる。笑顔は勇気を思わせふっくら柔らかだが、やはり改めてこうして眺めてみると、むしろ二人は兄弟にしてはあまり似ていない。

「なんだ?」

「なんでも……」

(俺の下心、見抜かれてるかも……って、ンなわけねーよな)

じゃれ合う二人を見た時の香山の、フリーズしかけた怖い顔を思い出しても、

(男同士に理解があるようにはとても見えねぇもんなあ)

さっき素直にゴメンと言えたのも、玉置たちを切ったのも、煙草もやめたのも。元のささやかな下心がきっかけだった。好きな人に嫌われたくない、よく見られたいという願いが元を動かした。

玉置と離れた分、勇気といっしょの時間を増やしたのだって、その裏では香山に会うチャンスが増えるかもと期待する下心がきゅうきゅういっているのだ。

俺が男に?　うそだろ?

無理だろ？　お前、ホモっ気、ぜんっぜん無かったじゃん？

こうしている今も戸惑い疑い、激しく突っ込みを入れつつも、香山に惹かれている現実は素直に認めてしまっている元だった。

（そうじゃなくちゃ、病気だよ。顔見ただけで、こんなドキドキするなんてさ）

実は、そのドキドキをさらにヒートアップさせるイベントが元を待っていた。

「兄さん、土曜日、はじめちゃんと買い物に行くんでしょう？」

——そうなのだ。香山が多忙で時間の都合がつかなかったため、ご褒美《ほうび》のベルトを買いに行くという一大イベントがまだだった。夏休みに入ってすぐ、元は彼を行きつけのショップに引っ張っていく予定だった。

「いいなあ。俺もいっしょに行きたいなあ」

勇気が言いだして、元はドキリとした。

「でも、残念。土曜はコレの集まりがあるんだ」

勇気がセーラー服のリボンをチョイと引っ張ってため息をついたので、元はホッとした。

「どんな店にするのか、みんなで細かいこと決めるんだって」

「ほんと、残念だよなー。あのへん、面白い店けっこうあっからさ。今度二人で行こうぜ」

口では勇気に合わせつつ、元は心で手を合わせていた。

ゴメン、勇気！　二人きりがいいって思っちゃって！

お前の大事な兄貴好きになっちゃって、ゴメン！

ふと気がつくと、若い母親の肩から赤ん坊の顔が覗《のぞ》いていた。不思議なものでも見るような瞳が、元《はじめ》をじーっと映している。ちょっと屈んで目線を合わせ、ニコッと笑ってひらひら手を振ると、桃色の花びらみたいな唇がふわっと開いた。

「かっわいいよなあ」

ああっ、抱っこしてぇ――！

待ちに待った土曜日。プレセアBのショップに、元は香山《かやま》と来ていた。つい買い物の手を止め、客の連れていた子供に心を奪われていた元は、香山に腕を取られて我に返った。

「落ち着け。誘拐犯に間違えられるぞ」

商品棚の間をズルズルと、二メートルほど真横に引きずられる。

「しかし――前から感心していたが、お前は本当に小さな子の扱いに慣れているな。外を歩いていてじゃれつかれるぐらい、子供の知り合いも多いようだし……。弟たちの面倒をみているうちに、彼らとうまく接するスキルを身につけたのか？」

「それもあるけど、単純に好きなんだよね。あいつら、好き嫌いはっきりしてっし、なに考えてんのかすぐわかるし。俺、頭悪ぃからさ。勉強だけじゃなくって、相手の気持ち読むっつーの？　そゆのも苦手なんだよな。前につき合ってた女に、何も考えてないって文句言われたことあってさ」

「自分で頭が悪いと言うな」

「え……」

「学校の成績と人としての賢さは別だ。子供の気持ちに敏感でなければ、同じ目線に立って話すこともできないだろう。的外れな批判など、気にかけないことだ」

「……うん」

思いもかけず真剣な言葉を返されて、今朝からテンション上がりまくりの胸がまた鼓動を速くした。

「だが、まあ……」

「うん？」

「一瞬で子供たちと同じ精神年齢に下がることができるのも、仲良くなる秘訣《ひけつ》かもしれないな」

香山が呆《あき》れた目で見ているのは、元の提げた店内用のカゴだった。Tシャツやパーカー、ズボンなどが山ほど詰め込まれている。

もちろん、買うのは当初の予定どおり、二連のパイソン柄のベルト一点のみ。残りは全部、欲しいものリストに加えたい商品を目につき次第次々と放り込んでいるだけだ。

「べっつにいいじゃん。買った気分を味わいたいだけなんだから」

「あとでいちいち棚に戻して歩くのか？」

「そーだよ」

香山はちょっと顎《あご》を引き、元から視線を逸《そ》らした。

肩を小刻みに揺らして微笑《わら》っている。

「ほっとけよ！」

腹が立つのに反面嬉《うれ》しい、おかしな気分だった。

「あんたの方こそ、まだ若いんだろ。たまにはここで売ってるような服に挑戦したらどうなんだよ。スーツみてぇなかっちりしたもんばっか着てると、センスもクソもなくなって一気におっさん化しちゃうぞ」

「俺がここの服を？」

「匠《たくみ》さんてオニこえーから、悪魔っぽい、黒がベースのハードなデザインなら似合うかも」と本気で勧めたら、香山は露骨に嫌そうな顔をした。

感情を持たないサイボーグみたいだ――。

香山と初めて会った時に抱いた感覚は、三ヵ月近く経った今ではずいぶん薄れていて、最初は慣れたのかなと思っていた。でも、つい先週、勇気《ゆうき》に呼び出されて話をしたあと気がついた。

ごくたまにでる笑顔もそうだが、呆れた顔やら不愉快そうな顔やら。香山が以前は想像すらできなかった様々な表情を見せてくれるようになったからだ。

最近の新発見は、アレだ。例の、女の子に化けた弟の姿がよほどショックだったのだろう。元と勇気が過剰に仲良くしていると、普段クールな香山らしくないどこか戸惑ったような困ったような表情を決まって浮かべるのが楽しくて堪《たま》らない。勇気も同じらしく、二人ともつい悪乗りしてわざとハードにじゃれ合ってしまう。

香山の感情を肌で感じるようになった時、サイボーグの鎧《よろい》にヒビが入った。

先週――。

終業式のあとだった。珍しく勇気の方からファーストフードに寄り道して行こうと誘ってきたのは。学校が終わったら買い食いなどせず真っ直ぐ戻ってくるよう、品行方正な兄にしつけられている勇気が、ハンバーガー&ポテト&アイスティーを奢《おご》ってくれるという。なんで？と尋ねると、感謝の気持ちだとかしこまって言われた。

『はじめちゃんが、僕と兄さんがもっと仲良くなれるきっかけを作ってくれたから』

勇気は言葉を選ぶように、考え考えしながら元に話した。

『母さんが時々言うんだ。匠さん、遠慮しないでもっとわがまま言ってくれていいのよって。兄さんは、いつもなんか苦しそうなの。ちょっとでも失敗しちゃいけないって、色んなこと我慢してるみたいで。それが、はじめちゃんが遊びに来るようになってからだよ。ずいぶん楽そうになった』

感情さえも完璧《かんぺき》にコントロールしているように見えた、以前の香山。そばにいるとこっちまで息がつまってしまいそうな苦しさを、ひとつ屋根の下で暮らす勇気は元以上に感じていたのかもしれない。

香山にはずっと、母や弟に見せる隙《すき》すらなかったということか。

『前は勉強の邪魔だってゲームするの嫌ってたのに、この頃は相手までしてくれるんだ。やってみたら案外面白いなって、俺は目標を次々攻略してくのが好きだからハマりそうで恐いって。母さんもびっくりしてたよ。実はコーヒーはブラックが苦手なんです、朝食の時はミルクと砂糖を必ずつけてくださいっていきなりお願いされて』

元も思う。もしも今目の前にいるのが以前の香山だったら、買い物につき合ってなどくれなかったのではないかと。必要な金だけ手渡しされて、きっと終わりだった。

気がつくと香山は、秋物の新作を着ているマネキンの前に立ってしげしげと眺めている。

プレセアとは、スペイン語で宝石。だから、名前に恥じないキラキラとした派手さやゴージャスさが売りなのだが、この商品は色もデザインも比較的おとなしかった。

「気に入ったの？」

元が隣に立って覗き込むと、香山は勇気にどうかと検討していたのだった。

「お前には似合わないからよせと言ったんだが、まだあきらめていないらしい」

「なんだかんだで、兄ちゃんは弟にべったりだよな」

香山にこれだけ大事にされて羨《うらや》ましいという子供っぽい嫉妬《しっと》が、拗《す》ねた口調にさせる。

「あいつがずっとクラスメートとうまくいってなかったと、最近になって聞かされた」

香山が突然話し始めた。

元が香山家に通うようになって、大口を開けて笑うようになった勇気。散々ねだって買ってもらったものの、ずっと埃《ほこり》を被《かぶ》っていたゲーム機を引っ張りだし熱中するようになった勇気。それまでは心から笑える気分ではなかったことを、家に呼んでいっしょにゲームを楽しむ友達がいないのだということを知ろうともしなかった自分を香山は恥じていた。

「だが、俺にそれを打ち明けたということは、問題はすでに乗り越えられた証《あかし》だと思う。お前のおかげだな」

「勇気が頑張っただけだよ。俺は何もしてない。前にも言ったけど、俺はあいつが好きだからいっしょにいるだけだ。俺が家に呼ぶ友達って、実はそう数いないんだ。勇気はそのなかの貴重な一人だ」

進んで家に人を呼びたくないのは、弟たちの面倒にふり回されている、今ではエプロン姿がすっかり板に付いてしまった自分を見られたくないから。恥ずかしいから。外では悪ガキで通っている内海《うつみ》元のイメージとギャップがありすぎるから。

でも、今ではもう勇気の前では平気だった。何度か内海家に遊びに来ているうちに、他人じゃないような気までしてきた。

『勇気さんて、いいカンジに世間知らずな人だよね』

年下の光司《こうじ》にほのぼのコメントされるのはどうかと思うが、ポジション的には光司と自分の間にあとから生まれたもう一人の兄弟だ。

「勇気とこれからも仲良くしてやってくれ」

香山はそう言うと、少し間を置いて「友達として」――とつけ加えた。

「おんなじ台詞《せりふ》、勇気からも聞いた」

「同じって？」

「兄さんとこれからも仲良くしてねって」

元の言葉に、香山は驚いている。

「あんたらマジ、仲良すぎだって。俺、入り込む隙ないじゃん」

ここはシットするトコじゃねぇだろ？　勇気は何も悪くない。

わかっていても再び湧《わ》き上がる、子供っぽいジェラシー。

自分で自分を馬鹿だと嘲笑《あざわら》ったとたん、胸で小さな花火が弾《はじ》けた。

俺、やっぱ、好きになっちゃったかも――。

だが、嫉妬するほど仲のいい、お互いを深く思いやっているこの兄弟が特別な絆《きずな》で結ばれていることを、元はもう知っているのだ。

終業式の日、勇気と交わした会話には続きがあった。

『なあ……。前から思ってたんだけど……』

元は氷だけになったグラスをひとしきりかき回すと、前々から頭の隅に引っかかっていた疑問を口にした。

『勇気と匠さんがすげぇ仲いいのはわかる。わかるんだけど……、気を悪くしたらゴメン。なんかこう他人行儀なとこねぇ？』

たった今、勇気に母親の話を聞いて、ますます不思議な気持ちになった。

『遠慮しないでなんでも言ってくれていいのよ』――なんて芝居がかった台詞、息子に向かって改めて口にする母親の方がずっと遠慮しているように見える。

兄弟仲の良さなら、内海家も負けていないはずだ。世の中で一番気の置けない関係だから、仲良くする時も喧嘩《けんか》をする時も容赦なくぶつかり合う。言葉ではなく肌身を通してひとつにまとまっている。

香山と勇気にはそういう熱さがないと、元は感じていた。もっとスマートで綺麗《きれい》で、だけどどこか不器用そうな関係。

頭がよくて仕事もできる、そのうえ優しくて強くて憧《あこが》れの兄なんです——と。言葉にして堂々と香山を誉める勇気の態度にも、本当は少し違和感を抱いていた。いくら自慢の兄だとしても、だ。俺だって弟ながら光司をすげぇなって尊敬してるとこあるけど、気恥ずかしくて絶対に口にはできないなあと、思っていた。愛情は溢《あふ》れるほどあっても二人の間にはわずかな距離があって、その分だけ勇気は香山をより神様化しているんじゃないかと元は感じていた。

父親が亡くなってからは、家族や兄弟についてあれこれ思い悩む機会が増えたせいだろうか。日頃難しいことを考えるのが苦手な頭も、こういうことにだけは敏感に反応するようになっていた。

『はじめちゃんには、聞いてもらいたいな』

勇気は食べ終わった弁当箱を片付けると、元の前に座り直して話し始めた。少しも深刻そうではない口調に、勇気らしいふわりと柔らかな笑みを浮かべて。元に打ち明けられることを心から喜んでいるのだろう、笑顔だ。

『僕と兄さんは、はじめちゃんとこと同じ、普通の兄弟だよ。ただ、母親が違うってだけで』

すでに結婚していた勇気の父親と香山の母親は、浮気と呼べるほど深い関係ではなかったという。酔った勢いで一度だけ犯したあやまちで、彼女は子供を授かってしまった。

香山にとって不幸だったのは、母がまだ幼い彼を祖母に預けて再婚してしまったこと。一方幸運だったのは、父親の妻がとてもよくできた慈愛の人だったということ。

周囲の事情が許さず同じ家に迎え入れることはできなかったが、その頃まだ子供のなかった勇気の両親は、香山を長男として入籍し、大切にしてくれた。定期的に会う機会も設け、誕生日や進級、進学の節目など、祝いごとも欠かさなかった。それは、勇気が生まれてからも変わらなかった。

『兄さんの住んでたとこ、それほど離れてなかったからね。僕も自転車飛ばしてよく一人で遊びに行ってた』

母親の心根をしっかり受け継いだ勇気が、純粋に兄を慕って会いに通う姿がすんなり浮かんでくる。

香山は大学を出ると父親の会社に入る。そうすることで何かとうるさい親族たちに、匠は大切な香山家の人間なんだという事実を認めさせ、ようやく同じ屋根の下で暮らせるようになった。勇気が高校に上がってからのことだ。

元にはふとした瞬間、香山をとても遠くに感じることがあった。なぜなのか理由がわからずずっともどかしかったけれど、もしかしたらそこには彼の複雑な生い立ちが影を落としているのかもしれない。

世の中に香山より不幸な境遇にある人間は、星の数ほどいるだろう。

だが、本人にしかわからない気持ちだって絶対あるはずなのだ。

父親に死なれた子供はこの世に山ほどいても、元たち兄弟の寂しさは元たちにしかわからない。香山もきっとそうだ。

（でも、あの人のことだから、周りの目には全然平気に見えたんじゃねぇのかな？）

まるで自分のことのように胸が疼《うず》き始めて。困って落ち着きをなくした元を前に、勇気が話を続ける。

『僕が小学校の二、三年ぐらいの時かなあ。夏休みに兄さんのとこに遊びに行ったらちょっと様子がおかしかったことがあった。珍しく落ち込んでるみたいだった。何があったのかわからないし、僕は幼すぎてかける言葉も持ってないしで、兄さんがしゃべってくれるまで黙ってそばに座ってるしかできなかったんだ』

するとずいぶん経った頃、香山は言ったのだという。

『――俺の武器は何でも完璧を目指すこと、一番でいることだ。そうすれば誰も文句は言わないだろう？　俺の性格でそれやったらガードが固くなる一方、みんなから煙たがられる一方なのはわかってるんだけどな。けど……、しかたがないんだ。そうしないと俺、やってけないから』

高校生だった香山は、幼い勇気の記憶に残らないと思ってつい本音をしゃべってしまったのだろう。

胸が痛い。

香山の引いた、他人の踏み込めない一線。

自分を守るためにしかたなく張りめぐらせた、バリア。

それなのに、あんたには友達いないだろう、会社でも嫌われているに決まっていると馬鹿にした自分を元は悔いていた。

『兄さんは泣き言とか愚痴とか、そういうの一言も口にしなかったけど、離れて住んでいる間、色んなことがあったんだと思う』

そのいろいろなことを乗り越え、自分や母親を家族として愛してくれる兄を、勇気は尊敬していた。香山を強い人と讃《たた》えた勇気の言葉には、実は深い意味が込められていたのだ。

兄を兄として純粋に慕う弟。

だからこそ、弟を大切にしている兄。

二人は内海家の兄弟とはまた別の、彼らだからこその強い絆で結ばれていた。


元は自分のせいで香山が変わったなどとは思っていないし、勇気に感謝されることもしていない。だが、彼を以前より近くに感じるのは確かだった。香山の引いた一線を越えることを許してもらったのか、それとも彼の方が自分の砦《とりで》を出てこちらに近づいてくれたのかは元にはわからないけれど。

（つか、もっとお近づきになりたいんデスけど）

チラッと盗み見た目が、香山の目とばっちり合ってしまった。

「なんだ？」

「なんでも……」

うっかり赤くなってしまった元に何を思ったのか、香山も気まずげな表情を浮かべ、微《かす》かに耳のあたりを赤くしたようだった。

最近、こういうシーンがたびたび繰り返される。

沈黙が重たくなる、短い時間。

お互い言いたいことがあるようで言葉は出ない。そんな感じ。

香山の生い立ちについて聞いたことは黙っていようと、元は決めていた。彼にしてみれば、知られて嬉しい話ではないだろうし。

元はとにかく、香山との間に波風が立つようなことは絶対にしたくなかった。二人が出会ってすぐの、香山相手ならなんでもかんでも反抗してやろうと鼻息荒く待ち構えていたあの頃とは大違いだ。

好きになっちゃったんだから、しょうがない――。

店を出てショッピングモールを歩く。ご褒美の入ったペーパーバッグを大事そうにしっかり胸に抱え歩く元に、時折、香山の視線が向けられる。また笑っているようだったが、その眼差しに優しく穏やかなものを感じて、元は悪い気がしなかった。

「ヤッベ。やたら体温たけーよ、俺」

ボソリと呟《つぶや》いて、元はすぐそこに見えるカフェを指さした。

「喉《のど》渇かない？　あそこ、カウンター席だけど生ジュースが美味《うま》いよ」

「搾りたてが飲めるのか。栄養価は高そうだな」

元は香山の先に立って店に入った。それぞれ注文の品を受け取ると、カウンターの一番端っこのボックスに入った。隣との間には簡単な仕切りがあって、客同士顔は見えないようになっている。

火照《ほて》った頬《ほお》を冷たいオレンジジュースで冷ましながら、元はこの店を選んだことをちょっと後悔していた。男二人には少々窮屈なスペースだ。油断をすると身体と身体がくっつきそうで、ドキドキする。

「あのさ……」

胸の奥に居すわる熱い塊がまたひと回り大きく膨らんだ気がして、元の口は勝手に動いていた。

「匠さん、昔はかなり酒飲んでたって言ったでしょ。行きつけの店を何軒もハシゴするぐらい、毎晩飲み歩いてたって」

「ああ」

「女とも派手につき合ってたっつーの、ほんと？　あ——えと、そんぐらい兄さんはもてるんだって、勇気が自慢してたんだけどね」

「何人もの女と同時に——ってわけじゃない。毎回長続きしないので、短期間で相手がくるくる変わっただけだ」

勇気の話を聞いたあとでは、香山もいろいろストレスを抱えていたんだろうなと想像する。それを飲んで発散していたのだろう。

ごくたまに、酒や女が原因のトラブルに巻き込まれることもあったらしい。勇気たちといっしょに住み始めておとなしい生活を心掛けるようになったのは、たぶん、家族にかかる迷惑を考えてのことに違いない。

「男ともＯＫってのも聞いたけど……？　そっちもほんと？」

うそだった。勇気はそんなこと、一言も言っていなかった。元がただ答えを知りたいだけだ。

香山が男も守備範囲にしている確率が絶望的に低いのは、わかっている。わかってはいるが、もしかしたらという望みを元は捨てられない。香山がバイなら、元の恋も先を夢見る自由ぐらいあるはずなのだ。

「お前はどうなんだ？」

「俺!?」

予想外の反撃に、元は焦った。

「え……まあ……、俺もわりと遊んでる方だけど、男とは……あんま経験ないかな。あ……いや、ゼロってわけじゃないよ。ただ、男だからって差別はしないっつーか」

高校生にしては経験豊富だというのは、本当だ。童貞も、大学生のお姉さま相手にとっくの昔に捨ててしまったし。でも、同性に言い寄られたこともなければ香山以外の男を好きになったこともなく、従ってデートの経験すらゼロだ。

正直に言えないのは、どう答えればベストなのかわからなかったからだ。

もし、香山が男も大丈夫な場合――。経験がナイと答えれば、同性に抵抗があると思われて引かれるんじゃないか？　アルと答えれば、誰とでも遊ぶ軽いやつと軽蔑《けいべつ》されるんじゃないか？

ひとつ迷うときりがなかった。机に向かう時の何倍も頭を使っている自分に、元は驚いていた。

（俺、めちゃくちゃ切羽つまっちゃってるよ！）

すべてはまだ始まったばかりと思っていたのに！　もはや取り返しがつかないほど香山を好きになってしまっている自分に気づくと、息をするのも辛《つら》いぐらい苦しくなってきた。

そんな元を、香山がさらに追いつめる。

「好きな男がいるのか？」

「へ？　えっ!?」

いないと即答すればいいものを、答えられずにボッと顔を赤くしたものだから、見つめ合ったまま妙な沈黙が流れた。

「シ……質問してんのは俺だろ!?　あんたが答えろよ！」

「男とも女とも、どちらとも寝たことはあるがたいした違いはなかった」

「ね……」

寝たぁ——!?

「決まりきった手順を踏んで肉体的な快感を得れば、それで終わりだ。ほかには何もない。性別がどうこういう以前に、俺にとってあまり意味のない行為だ。そのはずだ」

香山は元を見つめている。

「そのはずだが……」

「……なに？」

見つめる眼差しに、いつもの香山にはない熱っぽい光が灯《とも》っているように見えた。

「確かめてみようか」

「え……」

ジュースのグラスに添えられていた香山の手が伸びてきて、元の手を握った。

とうとう肩がくっつく。

全身から湯気が立ちのぼりそうに熱くなった。

ここがどこかも忘れてしまいそうだ。

ゆっくりと、香山は指に力を込める。

男の手を握ると俺はどうなるのか？　自分の反応を注意深く観察している——香山はそんな顔つきをしていた。

指と指とをきつく絡ませる。わずかな時間も触れ合っていないと寂しい恋人たちみたいに。

けれど、香山はほんの一瞬、目を伏せただけだった。憎らしいほど何の変化もないように見えた。

それにくらべて元は——。

勇気となら、じゃれ合いのどさくさに紛れてけっこう際どいところにタッチだってできた。女の子に化けた勇気のスカートのなかに手を突っ込み、太腿《ふともも》を撫《な》でるのすら余裕だったのに！

香山にはこうしてただ右手を握られているだけで、心臓が暴れ回る。

しかし、実験はこれで終わりではなかったのだ。

握られた手を引かれる。

キスされる！　と思った時——。

香山は元の緊張を解くように、一度唇の端にちょんと触れた。軽く頬をくっつけてから、ゆっくりと唇を重ねてきた。

相手を思いやるゆとりの感じられる、そして大胆な、大人のキスだった。キスの経験は何十

回あってもいつもがむしゃらに、欲望のおもむくがままに貪《むさぼ》るだけだった元にとっては、目も眩《くら》むような……。

ボックスになっているので丸見えではないとはいえ、気がつく人間もいるはずだ。しかし、香山のキスには、そんなことも忘れさせてしまうだけの力があった。

甘く心蕩《こころとろ》けさせる、気持ちのいいキス。

香山が昔派手に遊び回っていたという話がうそではないことを、元は肌で感じていた。

「……ん」

思わず漏らした元の息も軽いキスで吸いとって、唇が離れていく。絡み合い握り合っていた指が引かれ、手の自由を奪っていた力も消えた。余韻を振り切り元がそっと目を開けると、

(匠さん?)

香山はまた瞼《まぶた》を伏せると、気のせいかどこか苦しげな、何かを一人深く思うような表情を見せた。

「……どうだった?」

元は思い切って尋ねた。

「何か感じた? 一瞬でもドキッとするとかムラッとくるとかさ……」

もし……。もしも香山が何か感じたと答えてくれたら、それはやっぱりこの恋に抱けるちょっぴりの希望になるはず。

だが、元の願いも虚《むな》しく香山は首を横に振った。

「つまり……、男ともできるけど好きになったりはしないってこと？」

「そういうことだ」

「ふ～ん……って、どういう返事の仕方だよっ！　人を実験台にしやがって！」

元は威勢よく文句を言ってごまかしたが、内心とてもショックだった。

別れ際、香山に釘《くぎ》を刺された。

「好きな男がいるようだが、あきらめた方が賢明だな。男同士は即物的で、気持ちは二の次という関係も多いとも聞く。俺みたいに快感さえ得られればそれでいいという、ろくでもない男も当然いるだろう。社会的に広く受け入れられているとは言いがたいから、生活していくうえで障害にぶつかることも覚悟しなくてはならない。若いうちならまだ間に合う。あきらめて別れた方がお互いのためになる」

男をやめろというのは、単なる教育的指導なのか。それともこちらの気持ちを薄々察して、牽制《けんせい》してきたのか。元にはわからなかった。ただ、どちらにしたって希望がないことに変わりはない。

いくら好きでも、届かないんだな——。

迷惑がられ、嫌なものでも見る目で見られるよりは、あきらめた方がまし。

わかってる。

わかってるけど、そう簡単にあきらめられない。少なくとも今日してもらったキスの余韻に浸っているうちは、彼を忘れられないに決まっている。

状況はこれ以上ないぐらい最悪だ。でも、不思議とまた一歩、香山との距離が縮まった気がしていた。

片想いの苦しさよりも馬鹿をやってわがままを言って甘えられる存在ができた嬉しさの方が、元にはずっと大きかった。

●○●

夏休み——。ダメ犬は鬼調教師の訓練によく耐えるようになった。机を挟めば喧嘩腰なのは相変わらずだが、悪態をつきつつやることだけはやるようになった。勉強を始めた頃に比べれば、集中力も倍にはなっていただろう。

「英語はまだかなり不安定だな。しかし、力は確実についている」

「学年末のテストまでこの状態をキープできれば、卒業は大丈夫だろう」

調教師は時々、ダメ犬の頑張りを評価してくれたが、犬にとっては成果や結果など本当はどうでもいいことだった。

香山に会いたい、いっしょに過ごしたい、彼との繋《つな》がりを絶ちたくないと願うなら、勉強を頑張るしか方法はなかったのだ。家庭教師をしてもらっている間が、元にとっては密《ひそ》かなデートタイムだった。忍耐力も集中力も、香山を想う気持ちあってこそだ。

想いは一方通行の方が募るものだと知った、高校最後の夏。元はこの頃、香山に告白しようか、このまま黙っていようか迷っている。

告白したところで、何がどうなるわけでもないのは知っている。たとえ香山が同性を恋愛対象として見られるようになったとしても、自分が彼のタイプでないのは確かめなくてもわかりきっていること。

告白のためにふり絞る勇気も、口から飛びでそうに跳ね上がるだろう胸の鼓動も。きっと全部が全部無駄になるに違いない。迷惑そうな顔をされ、ナイフみたいに切れ味鋭い言葉で撥《は》ねつけられたら、当分立ち直れない自信が元にはあった。

それでも悩まずにはいられない。

黙っとこうと思っても、我慢できなくなるんじゃないかな——。

いずれ溢れる気持ちを抑え切れなくなる予感が、元の心を揺さぶっていた。

休み中ならいいだろうと香山の許可が下り、勇気はたびたび内海家に泊まりに来るようになった。今ではすっかり五兄弟の間に溶け込み、家族の一員のようにいっしょになって笑ったり騒いだりしている。

そんな様子を見るにつけ、勇気が以前ほどクラスでは浮いていないこと。友達と呼べる相手も一人二人と増え、周囲との関係もうまく回り始めていることを元は実感できた。

元ももちろんほかの兄弟たち同様、勇気を歓迎している。

しかし、そこにはちゃんと下心もあった。

勇気が泊まる夜、香山は必ず差し入れを持ってくる。大抵は仕事帰りにわざわざ立ち寄ってくれるのだが、相変わらずビシッと決まったスーツ姿に少々不似合いな、お菓子でパンパンに膨らんだコンビニ袋を提げて現れる。

弟たちが香山を受け入れたのは、勇気の兄だからという理由が大きかった。加えて食べものにつられ、気を許してしまったところもある。末っ子の省吾《しょうご》など、香山を『おやつのサンタさん』と呼んで瞳を輝かせるほどだ。

だが、五人のなかで香山が来るのを誰より心待ちにしているのは、間違いなく元だった。

その日もそろそろチビたちが布団に入るという時刻になって、香山はアイスを土産《みやげ》にやってきた。


「ハイ——士郎《しろう》君にはチョコもなか」

「チョコチョコ！」

「省吾君はかき氷が好きだったよな」

「やった！　いちご味っ！」

「美里《みさと》君は勇気と同じバニラアイスでよかったかな？」

「ありがとう。あ——これ僕の好きなやつだ。え……、勇気さんも凝ってるんですか？」

「光司君には、味より量で」

「うわっ。でっかいソフトですね」

「がっつり食べたい年頃だろ？」

さすが香山だ。いつの間にかそれぞれの好みを完璧リサーチしている。元もつい並んで自分の順番が来るのを待っていると、香山と目が合い、またいつかみたいにクスリと微笑われた。

パアッと頬に熱いものが広がる。

「いいよ、俺は……。夕飯食い過ぎたから」

そっぽを向くと、「まあそう言うな」と摑《つか》まれた手の上にカップを載せられた。そろりと覗いて確かめる。オレンジ味のシャーベット。やっぱり外していない。

「俺の好きなのって教えたっけ?」

「いや……、なんとなく」

ベルトを買いに行った帰りに飲んだジュースかな? あれがヒントになったのかもと考えていると、また、顔が火照ってきた。

物で溢れかえった居間いっぱいに兄弟たちは座り込み、皆、一時おとなしくなった。アイスを食べる音が、エアコンのあまり効かない部屋に涼しげに響く。

ふと隣を見ると、香山も元と同じシャーベットを口に運んでいた。

オレンジの味は、元にとって思い出の味だ。

香山のキスの味。

あの日も香山は元と同じジュースを飲んでいた。だから、唇が重なった時、オレンジのほのかに甘く爽《さわ》やかな香りがした。

アイスを食べているのに、元の身体は熱くなる一方だ。

香山もキスのことを思い出したりするんだろうか?

（……するわけないよな）

自問自答。

（どっちかってーと消したい記憶なんだろうから）

元は落ち込む。

勉強を抜きに香山と二人きりで話をするチャンスは、考えてみればほとんどない。でも、何かの一瞬に——たとえば目が合った時や弾みで身体のどこかが触れ合った時など、二人の間を流れる空気が変わったと感じることがあった。

盗み見しているのがばれたのか、香山がこっちを向いた。

（あ……）

まただ。また、空気が変わった。急にここだけ密度が増す。濃く重たくなったそれは見えない壁となり、元と香山を隔てる。あれだけ近づいたと思っていた彼が一気に遠くなる。

香山の態度は表面上は以前と何も変わっていない。だが、自分が避けられていることを、彼が二人の間に距離を取ろうとしていることを、悲しいかな、元は敏感に感じ取っていた。

「みんなどこで寝るんだ？」

唐突に香山が尋ねた。

「母さんだけ下で、あとは全員二階」

元は目線を天井に向ける。

「襖《ふすま》をとっぱらって二間に布団を敷きつめるんだよ。んで、ザコ寝」

「勇気も？」

「いっしょ。あいつもその方がいいって」

「もう蒸し暑くって体力いるけどね」

首にかけたタオルで汗を拭《ぬぐ》って、元はまた香山と目が合った。

「んだよ？　だいじょーぶだよ。今日はセーラー服も着てねーしさ。あんたの大切な弟、襲ったりしねぇから」

そんなふうに軽口を叩《たた》いた。

「？　匠さん？　……何？」

「いや……」

言いたいことがありそうに見えたが、話はそこで終わってしまった。

「匠さん、ねぇ？　腹減ってない？　夕飯に作ったロールキャベツがまだあるからさ、よかったら食べてってくれねぇかな。ハンパに残っても兄弟喧嘩のタネになるだけだから。……いいじゃん。たまにはゆっくりしてけば」

——残りものってのはうそ。ほんとは最初っからそのつもりで作ったんだけどね。

少しでも長い時間いっしょにいられるように、小細工をして香山を引き止める。それだけで今の元は精いっぱいだった。

みんなが二階に上がってしまってから、元は香山と表の道に涼みに出た。

引き止め作戦は、予想外の大成功だった。香山と二人でこうしてゆっくり話せる時間がめぐってくるのを、元はずっと待っていた。

「あー……でも、美里がもしも本当に一着取れたら、匠さんのおかげだな」

今は美里の話をしている。たわいもない会話がどうしてこんなに楽しいのか、不思議だった。

「そこまで信頼されても困るけどな」と、苦笑する香山。

毎年秋の運動会でビリかブービーしか取ったことのない美里に、どうすれば速く走れるのか。

香山がコツを伝授したのだ。身体の傾斜角度から腿を上げる高さ、腕を振る回数にいたるまで。

いかにも香山らしい、具体的な数字を示しての説明だった。

「匠さんて、とーぜんスポーツマンだったんでしょ？　部活、なにやってたの？」

「そう思うか？」

「うん？」

「ところが運動は苦手だったんだ。あまりパッとしなかった」

空の高いところに明るい夏の月。太陽の力強さとは違う白銀の輝きを、中途半端な距離を間に肩を並べる二人の上へと降り零《こぼ》している。

「料理もそうだな。調理法や材料の選び方や分量。そういう方法論的な部分に漏れはなくても、実際作るとなるとうまくいかない。どちらかと言えば不器用な方だ」

「マジで？　意外～」

「何でも完璧を目指すんだが……、結局、頭でっかちになるだけで思うようにいかないことの方が多い」

香山は元に初めて見せる、自嘲《じちょう》気味な笑みを浮かべた。

短い間を置き、「軽蔑しないのか」と香山は聞いてきた。

「なんで軽蔑？」

「自分は何でもできる顔して偉そうに説教垂れるくせに——と、昔言われたことがあるな。実際、周りにはそう映るらしいから」

「パーフェクト目指して頑張るだけでもすごいんじゃねーの？　俺なんか、努力する前に投げちゃうことの方が多いよ。面倒くさいの嫌だし、どーせやるだけ無駄って思ったら全然気力出ねぇしぃ」

言っててちょっと情けなくなってきた。バイトや家事は別としても、中学、高校と学校生活はそんなふうにダラダラと過ごしてきた。

「今のままでも完璧じゃなくても、兄ちゃんとしてあんたに憧れたり尊敬したりする勇気の気持ちは変わらないと思う」

俺もそうだよと、心のなかでつけ加える。

カッコ悪いところを見せたくないと思う人がいるから、頑張れる。元もずっとそうだったのでよくわかる。でもその一方で、みっともないところも見せられる人がいるから、時にはホッと力を抜いて甘えて……。休み休み頑張れることもあるのだと、香山と出会って知った。

複雑な環境で育ち、おそらく誰にも愚痴も零さず泣き言も言わず頑張り続けてきたのだろう香山にも、そうした相手が必要なのだと思う。

俺がその相手だったらいいのに――。

湧《わ》き起こる熱い思い。でも、無理。俺なんかにそんな大役、務まるわけねーじゃんと元は目を伏せる。

ただ、避けられていると感じていた香山が今だけまた近くに戻ってきてくれた気がして、元は密かに喜びを噛《か》みしめていた。

「明日も暑くなりそうだな」

雲もなく晴れ渡った都心の明るい夜空を見上げ、香山がうんざりした口調で言った。ゆるい感じの半パンから伸びた素足に寄ってくる蚊を叩くと、元も顔を上げた。

「でも、俺、冬より夏の方が好き」

「俺は寒い方がいい。体力の消耗の仕方が全然違う」

調教師と駄犬の立場を離れての、なんということのない会話が本当に楽しい。

「あ……明日って言えば……、やっべ！　省吾のお泊まり会があるんだっけ。持ってくパジャマ、今晩中に繕っとかねーと。かわいそうにお下がりのお下がりだから、暴れるとすぐに擦り切れちゃうんだよね」

「縫いものまでするのか？」

香山は驚いている。

「運送屋や引っ越し屋よりも、子供相手の仕事の方が向いてるんじゃないのか？」

自分でもそう思うと、元は頷《うなず》いた。

「ほんとは資格取って保育士か幼稚園の先生になるのが夢だったんだけど」

ついポロリと誰にもしゃべったことのない秘密が零れて、元は慌てて口を押さえた。

「卒業後はフリーター志望だと言っていたな。なりたいものがあるのに、どうして目指さないんだ？」

笑われるか驚かれるかされてスルーされると思っていたら、違っていた。

「どうしてだ？」

「キャラ的に無理があるかなあって」

「真面目に答えろ」

調教師の顔に戻った香山は、真剣だった。

「俺の場合、家のこと考えたらそうするのが一番いいに決まってるからだよ」

気恥ずかしかったが、長男としての義務と覚悟を元は香山に話した。香山ならきっと自分の気持ちを理解し、励ましてくれると思ったからだ。ひょっとしたら偉いなと誉めてくれるかもしれないと、尻尾《しっぽ》を振って期待もした。ところが、

「夢を実現可能な目標に変える可能性はゼロじゃない。その方法を探りもしないで家族のためだなどと言われても、みんないい迷惑だろう」

厳しい口調で返されて、元は驚いた。頭を撫でられるのを待っていたらいきなり横面をひっぱたかれたのと同じぐらい、ショックだった。さっきまでの甘く優しい気分が一気に吹っ飛び、どこかにいってしまった。

「最初から真剣に考えようとしていないだけだ。努力する前に投げ出す、やるだけ無駄だと思ったら気力も出ないと言ったな。卒業後の進路について真剣に考えていたら、そもそもあんな壊滅的な成績を取ることはない。人なみとまではいかなくても、お前なりの真面目さで勉強に取り組んでいたはずだ。何もしないうちにあきらめたんだろう？　成績は悪いし、いいや、どうせ無理に決まっていると投げ出してしまったんだろう？　違うのか？」

「うるせーよ！」

自分でもびっくりするほど大きな声が出た。

「あんたに何がわかるんだよ！」

「つまらない言い訳など、わかりたくもないな」

「黙れ！　なんであんたがあれこれ言うんだよ！」

香山に突き放されたショックで、ろくに考えもせずに言葉が出て行く。感情で突っ走っているのはわかっていても、元は止められなかった。

正直、涙が出そうなほど傷ついていた。自分の誇れるところと言ったら、家族のために頑張っていることぐらいなのに……。それまで否定されてしまったようで、込み上げてくる悲しさを元は怒りでごまかす。

「俺のような部外者が口出しすることじゃないかもしれない」

香山は元の手を摑んだ。

「だが、お前にこんなことが言えるのは、俺しかいないと思っているんだ」

力を込めた一言だった。しかし、元は香山の手を振り払ってしまった。

「俺がおとなしくしてるからって、いい気になるなよ！　自分だけが俺をわかってるみたいな言い方すんな！　俺とあんたは天敵だし、合うとこなんかイッコもねーし！　あんたが勇気の兄ちゃんだから……、卒業がかかってるからハイハイ言うこと聞いてるだけだ！　俺は最初からずっと、あんたのことが大っ嫌いなんだよ！」

すべてが振り出しに戻るようなことを、元は言ってしまった。それも、これっぽっちも思っていないことを、香山に向かって力いっぱいぶつけてしまった。

香山の元を見る目がゆっくりと大きくなった。

驚いているのとも違う、怒っているのでもない。揺れ動く何かが、返す言葉を失ってしまったように沈黙する香山の瞳を埋めていた。その目を見ているだけで、元の胸は絞られるように痛んだ。

「ちょっとあんたたち、そんなところでなにやってるの？」

身動ぎもせず向き合っている二人に、突然声がかかった。


「もう遅いんだから、大きな声出さないの」

「母ちゃん……」

大家がカウンターに立つ隣のバーの前に、母親は立っていた。一人ではなかった。酔っぱらった客らしき男に肩を貸している。

鮮やかな鴇《とき》色のスーツ。とても五人の子持ちとは思えない、贅肉《ぜいにく》のゼの字もないスレンダーな体型だが、しっかりと踏ん張ったヒールの両足に、時々客を叱咤《しった》するその口調に、息子たちとの生活を支える母親のたくましさが漲《みなぎ》っている。

「お母さんか？」

顔を合わせる機会のなかった香山が近づいて挨拶《あいさつ》をしようとすると、

「あなたが香山先生？　そうでしょう？　――元の母です」

元によく似た勝気な顔つきをした彼女の方が、先に名乗った。

「ちょっと恐いけどいい男だって子供たちに聞いてたけど……」

しげしげと見つめられ、

「お世辞じゃなかったのねぇ」

感心した口調でコメントされて、さすがの香山も戸惑っている。

「お仕事でお忙しいのに、すみませんね。ウチの落ちこぼれの面倒みてもらっちゃって」

頭を下げる母親の反対側に回って、元も男に肩を貸す。

「まだ上がりじゃないんだろ？」

「これからが稼ぎどきよ。不況のせいかしらね。ウチみたいに安い店の方に人が流れてくるのよね」

「おっちゃん、また送ってくんだ？」

「何か嫌なことでもあったんじゃないのかな。先月あたりから飲めばこの調子で、困った人よ。こっちは大変」

ほぼ潰《つぶ》れかけているこの酔っぱらいのサラリーマンは、実はご近所さんだ。元も会えば挨拶ぐらいは交わす間柄。ここから歩いて十分もかからないマンションに住んでいる。もう四十は過ぎているいると聞くが、まだ独り身だった。

タクシーを呼ぶのも馬鹿馬鹿しい距離だし、お金がもったいないと、人のいい母親は時々こうして吉田《よしだ》を彼の部屋まで送り届けるのだ。

「今日こそ俺が行くって！」

せっかく店の隣に住んでいるんだし、そういう時はひと声かけてくれれば俺が代わりに送るよと元は前々から何度も母親に言っていたが、まだ一度も頼まれたことがなかった。

「いいのよ。吉田さんは女の私じゃないと」

「男じゃなんでダメ？」

元はとにかくこれ以上香山といたくなかった。突き放されたショックと悲しさが彼への怒りと反発心に姿を変え、いまだ元の頭に血を上らせていた。

「前に話したじゃない」

「なんだっけ？」

小声で母親は教える。吉田が男にしか興味がないことを。

「そうなの？」

覚えがない。たぶん聞き流していたのだろう。吉田のプライベートがどうだろうと、元にはまったく関係がなかったからだ。男の香山を好きになった今は事情が違うが、ヤバイかなあという一瞬の迷いも、香山と目が合うと引っ込んでしまった。

とにかく早く逃げたかった。彼の顔を見ないですむところに、今すぐ!

「あんたが女の子だって、万が一のことを考えて行かせたくないのに。吉田ちゃんには悪いけど、あんたはほら——頭の方は落ちこぼれでも、見た目はそこそこイケるもんだから」

ねぇ? と同意を求められた香山が躊躇《ためら》うことなく頷くのを見て、元は赤くなった。「お母さんの言うことを聞いた方がいい」と決めつけ口調で言われると、頭がまたカッカしてきた。

「よかったら俺が送っていきましょうか?」

「先生が?」

「どうせ帰るついでですから」

「でも……いくらなんでも先生に——」

「勝手にハナシ進めんな!」

元は怒鳴って二人の会話の邪魔をすると、吉田のおっちゃんを自分の方へ引っ張り、母から奪い取った。

「俺が行くったら行くんだよ!」

「元?」

何ごとかと目を丸くし母親は息子を見たが、息子の方は挑む視線を香山に向けていた。

「俺がどうしようと俺の勝手だ! あんたの命令なんて、もう死んでもきかねぇ!」

激しい言葉をぶつける心のなかで、口にできない本音が爆発する。

俺がどうなろうと、俺の勝手だ！　吉田のおっさんにセクハラされたって、どーせあんたには関係ないんだろ――！

（悪かったな！　そうだよ、どうせ俺の片想いだよ！　俺だけがあんたにめろめろなんだよ！ほっとけよ！）

もうほとんどヤケクソだった。

今のこの最低な気分を吹き飛ばしてくれるなら、どんなことでも受けて立ってやる！

元は止める二人を振り切り、男を引きずって歩きだした。

マンションのポストで部屋を確かめエレベーターに乗り込む頃には、吉田は元を誰かと勘違いしてしきりと話しかけてきた。

「よしお〜」

「ハイハイ、エレベーター着きましたよ〜」

「帰ってきてくれたのか、よしお〜」

「ほら、しっかり歩いて！」

元は吉田の重みによろけながら、一歩一歩通路を進む。扉の前に辿《たど》り着き、鍵《かぎ》を探して吉田のスーツのポケットを探った。幸いすぐに見つかり、たいして手間もかからずになかに入ることができた。

「俺といてくれ、よしお〜」

「よしおっておっちゃんの恋人なんだ?」

「よしお、帰ってきてくれ〜」

「喧嘩でもした?」

会話になっていない会話を続けて、玄関を上がる。

「もしかして、同棲《どうせい》してたのが出てかれちゃったとか?」

それで酒の回りも早いのかなあなどと考えながら、短い廊下を奥へと進んだ。電気を点《つ》け、居間らしき部屋をひととおり見回して、元はちょっとびっくりした。

鴨居《かもい》にかかっているのは、吉田が着るにはちょっと無理のある細身でファッショナブルなシャツやジャケット。床にはなぜかあっちの端とこっちの端にスニーカーが転がっていて、さっき脱がしてやった彼の革靴とは明らかにサイズが違っていた。

適度に散らかったこの場所が吉田とよしおの愛の巣だった（過去形）という想像は、どうやら当たっていたようだ。

「よしおーっ」

「おわっ!?」

いきなりすがられ、元は吉田ともども引っ繰り返ってしまった。

半パンの、リラックスしたウエストの緩さが災いした。吉田が掴んだ弾みで、トランクスを穿《は》いた尻《しり》がペロンと丸出しになる。

「よしお、よしお」

「ちょっと！　おっちゃん！　違うって！」

右足にセミのようにしがみついた吉田を払おうと暴れていた元の目が、スス－ッと一点に吸い寄せられた。

それは、床に積み重ねてあったCDの一番下から覗いていた。

ごくんと唾《つば》を呑《の》み込み、元はそろりと指を伸ばす。手もとに引き寄せ確かめると、やはりそうだ。男が好きな男向けの、いわゆるそっち系のエロ本だった。少々古い時代のものらしいが。

かつては目の前にあったとしても瞳に映りもしなかったものが、今の元にはしっかり興味の対象だった。男同士でどうするとか、こうなるとか。頭ではわかっていても、実際それを目で見たことはないのだ。

吉田は幸せそうな顔で元の腿に頰を押しつけ、スリスリと手で撫でている。それ以上何をする気もなさそうなので、取り敢《あ》えずは放っておいてページを開いた。

「……うそ」

パラパラとめくり始めると、すぐに目が釘付けになった。大胆なヌードがあるかと思えば、柔道着だの褌《ふんどし》だの、エロい構図のコスプレ写真が続々と出てくる。

「すげぇ」

圧巻なのは、読者の投稿コーナーだった。カップルがベッドの自分たちを撮ったものや、グループでセックスを楽しんでいる写真もあった。目線も入っているし、肝心な部分は見えないように処理されているものの、元には刺激が強すぎた。

マジ？　すげぇ！　やべぇ！

——ほかに言葉が出てこない。

「こんなこと、できんのかな？」

写真のなかのどの男に自分を置き換えても、不可能なような気がする。だが、もしも自分の相手が香山だったら……？

「……」

元はじわじわと赤くなった。

百パーセントあり得そうにない世界なのに、相手を香山に変換するだけで、とたんにすべてはリアルになる。胸が熱くなるほどドキドキしてくる。

安心したのか、吉田は元にへばりついたまま眠ってしまった。

もしも、今太腿にくっついているのが香山だったら、元はこんなに落ち着いてはいられなかっただろう。本当におかしな気分だった。あの、髪の毛がふわふわ柔らかな、女の子みたいに肌もスベスベの、大きな瞳が可愛い勇気には何も感じないくせに、クールで怖くて厳しい顔がトレードマークの香山になら自分は心臓が引っ繰り返りそうなほどときめくのだ。

彼が好きだから――。

未知の経験には期待もあれば不安や恐れもつきものだが、同性だということを一番思い知らされるセックスの壁も、香山が好きだから乗り越えられる気がする。

香山との仲は、もともと望みがないところへもってきてどんどん悪くなるばかりだというのに……。そうなればなるほど彼への想いがくっきりはっきりしてくるのが、不思議だった。

「……っ」

がっくりうなだれ開いたページの上に額を押しつけ、思わず零れるため息。あまりに苦しそうなそれを耳にすると、胸の痛みはさらに膨らみますます追いつめられる。

「ちくしょ……」

一番好きな人に、一番理解してもらいたい人に突き放されるのは辛い。悲しい。

突然――玄関の方で大きな音がした。扉に鍵をかけ忘れたと慌てて身体を起こしかけた時、廊下を荒っぽく歩く足音がして、

「元！」

「匠さん……？」

うそ？

まさか香山が追いかけてくるなどとは思ってもいなかった元は、頭だけ振り向いた格好で固まってしまった。

「なかなか戻ってこないと思えば、何をしてるんだ！」

「へ？　え？」

首から下に視線を落とす。

脱げかけた半パン。片手で抱き寄せた太腿にほっぺたをくっつけ、むにゃむにゃと嬉しそうな微笑《ほほえ》みを浮かべて眠る男。しかも——。

げっ⁉

吉田のもう片方の手は、元のトランクスにかかって引き下ろしていた。ここだけ日焼けしていない尻の白さが目に痛い。香山が誤解したとしても無理はなかった。

「起きろ！」

香山が近づいてくる。元の腕を摑んで引っ張り上げた。慌てて下がった下着をもとに戻そうとしたものの、足首にまとわりついたズボンのせいで転びそうになった。

「帰るんだ！」

「あんたの言うことなんか二度と聞かねぇって言ったろ！」

のんびり大の字になった吉田の傍《かたわ》らで、二人はさっきの続きの言い争いを始めた。

「俺が誰とどうなろうと、吉田のおっちゃんと勢いでヤッちゃったって、あんたには関係ねぇもんな！」

「この男と寝るつもりだったのか？」

香山の口から過激な単語が飛び出した。

「だったらなんだよ！」

「好きな男がいるのに、なぜそんな無茶をするんだ」

「……！」

元は今にも噛みつきそうな顔つきになった。香山の台詞は、元にとってある意味一番腹の立つ一言だったからだ。

あんたに惚《ほ》れてんのに！

――その当人に、ほかにいもしない想い人との関係を説教されるなんて、こんな間の抜けた話はない。香山に非はないとわかっていても、この鈍感野郎！　と喚《わめ》きたくなる。

「男同士は不毛だとか言っといて、好きな男は大事にしろってわけわかんねぇよ！」

元に指摘され香山が黙り込むなど、これが初めてだろう。

「じゃあ、あんたが代わりに相手してくれんのか！」

どうしても悪い方にしか転がらない現実に、元のヤケクソ魂はヒートアップする。

「俺も匠さんを見習って、実験しようと思ってただけなんだからな！」

元は香山に向かって一歩迫った。

「男とヤッてちゃんとできるのか、いい気持ちになれんのか。俺を使ってあんたが確かめたみたいに、俺もやってみたいんだ」

驚いて自分を見つめる香山の首に両腕を回すと、元はキスをした。いや、キスなんて上等なものじゃない、唇が勢いでぶつかっただけだったが、香山を挑発するには十分だった。

「俺、女とはけっこー経験あるからさ。遊びでするの全然平気なんだけど？」

意地で台詞を絞りだす。

「おっちゃん、途中で眠っちゃったんでがっかりしてたとこなんだ。匠さん、相手してくれんの？」

もちろん、香山が頷くはずはないと思っての挑発だった。

香山は……、なぜか元がキスをした口もとを手で押さえていた。あたかも信じられないことが起こってしまったと、呆然《ぼうぜん》と佇《たたず》んででもいるように。

伏せられていた瞼が上がった。

元を見る目がさっきとは違っていた。苛立《いらだ》ちともとれる情熱的な何かが、香山の瞳を静かに輝かせている。

「――――!?」

いきなり荒っぽいキスに唇を塞がれ、元は瞬きをした。キスに負けない乱暴な指が元の髪を摑んで、頭ごと彼の胸へと引き寄せた。

「そんなにしたけりゃ、俺が実験台になってやる」

香山は呟くと、スーツの上着を脱いだ。

すぐ隣に吉田が転がっている。いびきをかいていい気持ちで眠っているとはいえ、いつ目が覚めるかわからない。

（くそっ）

おかしな声を上げるわけにはいかない——と思ったとたん、さっそくしゃっくりみたいな声が洩《も》れてしまい、元は焦った。

香山のせいだ！　香山が悪い！　押し倒したその手でTシャツをめくり上げ、半ば頭を突っ込むようにして裸の胸にキスをしたりするからだ！

乳首をついばむ先制攻撃。右と思えば左に、左をついたかと思えば今度は右を舐《な》められる。

「……っ」

思わず口を塞ごうとした手を、香山の意地の悪い指に奪われた。

「余裕なんだろう？　見られたくないなら、我慢できるよな」

押し殺した香山の一言に、挑発したのはお前だという彼の怒りをはっきり感じたが、今さら引き返すことはできない。

「ったりまえだろ！　できるよ！　あんたによほどのテクがない限り」

元は強がって偉そうな台詞を吐いて、またもや墓穴を掘ってしまった。

「では、最短コースで試してもらおうか」

「え？　最短……なに？」

驚いて見上げた元の瞳に、おもむろにネクタイを緩める香山の姿が映った。

これからお前を抱くんだという有無を言わせぬ強引さと、色っぽさ。背伸びをした自分などには到底かないそうにない、大人のゆとりに圧倒される。

脇腹《わきばら》にぞくりとした震えが走った。

怖いという感覚と、少し似ているかもしれない。

抱きしめられ、額に口づけられる。咄嗟《とっさ》に首をすくめたものの、その思いもかけない優しい感触に酔いかけた隙を今度は狙《ねら》われた。あっさり香山に大事な場所を握られてしまった。それもいきなりパンツのなかに手を突っ込まれて、だ！

「男が駄目なら、この段階でアウトだろうな」

耳を舐めながら、そんな冷静な解説はやめてほしい。

「触られただけで萎《な》えるはずだ」

「……っ」

「どうだ?」

(どうだって――!)

元は必死に歯を食いしばった。クールな言葉とは裏腹な甘ったるい愛撫《あいぶ》に、元は一分で腰から下に力が入らなくなった。

元を柔らかく包み込んだ手のひらが、ゆるゆると上下している。時折、悪戯《いたずら》な親指が先端をくるりと撫でる。少しずつ少しずつ快感を引き出すそのやり方が堪らなかった。

「んっ」

「元……」

めったに呼ばれることのない名前で呼ばれるのが、胸の鼓動が乱れるほど新鮮だった。

香山の指が元の弱いところを見つけて、そこだけピンポイントで攻め始めた。鈴口とその下の括《くび》れを苛《いじ》められればばられるほど、恥ずかしいぐらい感じてしまう。

テクがないなんて言ってすンませんでした!

謝るからカンベンしてください!

――心の叫びを口にできるわけもなく、元はただ最後の意地にすがって何度も声を呑み込む。

固く目を閉じ堪える元がお守りがわりに何を必死に思い浮かべているのかと言えば――押し入れだった。自宅の二階にある、暗い押し入れのなか。なぜか。プライベートスペースゼロのあの環境で、時としてそこが臨時の個室になってきたからだった。

布団や洋服がごちゃごちゃに詰め込まれたその奥の、無理やり作った僅《わず》かな空間に身体を押し込め、時にワルイコトをする。懐中電灯片手にチビたちの目には猛毒の大人の雑誌をめくったり、人さまには見せられない行為に励んだり……。襖一枚隔てた向こうで騒ぐ弟たちの声を耳に息を殺して集中するには、かなりの忍耐力が必要だ。

あの時みたいに、我慢だ我慢!

我ながら馬鹿だとわかっているが、そんなことにすら縋《すが》らずにはいられないほど元は必死になっていた。

しかし、努力も虚しくやがて元は気がつく。自分がいつの間にか舌足らずな女の子さながらに、アンアン喘《あえ》いでいることに。

「よしお〜、可愛い声だなあ」

おっちゃんの寝言に、元は真っ赤になった。

「本当にな。しょっちゅう噛みついてばかりいる憎たらしい口なのに」

「だま……れっ」

身を捩《よじ》って逃げたいところだが、ちょっとでも身体を動かすと緊張が途切れて一気に昇りつめてしまいそうで、元は香山にされるがままだった。

「嫌いだ……、あんたなんか」

彼の指を濡《ぬ》らしながら、相変わらず強気な口でうそをつく。

気持ちとは裏腹の言葉に、また胸が苦しくなった。

「嫌いだよ」

熱い息とともにもう一度吐き出した時、

「わかってる」

——一瞬、元を抱きしめ肩に顔を埋めてそう言った香山の声は、あまりよく聞き取れなかった。

「あっ」

パッと元の目が開いた。

今まで前を嬲《なぶ》っていた指が、さらに下へと滑ってとんでもないところにもぐり込んできたのだ！　面と向かって嫌いと言ったのが気に食わなかったのか、香山の抱く手が急に荒っぽく強引になったような気がした。

「俺、ヤラれる方じゃなくて……ヤル方が……っ」

「ヤラれても平気なら、ヤルのなんてどうってことないだろうが」

「なに……そのこじつけっ」

「嫌いな俺にヤラれて感じるなら、好きな男となら天国だ」

苛立ちを滲ませた手に下着を剝《む》かれ、もうひとつの大事な場所が剝き出しになる。今何をどうしているのかを見せつける、ゆっくりとした大きな動きで香山の指は元の内を拡《ひろ》げてゆく。

「あっ……あ」

声が止まらない。

経験者面していた自分が恥ずかしかった。もし、元が何度も同性と寝たことのある男でも、やはり香山には勝てなかったはずだ。初めてなのに、ただ指でかき回されるだけでこんなに気持ちがいいなんて、信じられない。

「前……駄目……！」

止める間もなく、言葉が出て行く。

「……洩れ……るっ」

幾度となく香山を向こうへ押しやっていた元の腕が、初めてその背にしがみついた。二人の身体がしっかり重なり合った時、この行為が決して一方通行ではないことを元は知った。いつの間にか香山も、あの戦闘服のごとくストイックなスーツの下に元と同じ昂《たかぶ》りを抱えていた。

エアコンも点けていない、窓もしめ切った部屋は蒸し風呂のような暑さで、元の縋ったワイシャツの背は汗で湿っていた。香山の匂いを胸いっぱいに吸い込むと、切ないものが込み上げてきた。

女の子とは違う。痩《や》せているがしっかり筋肉のついた、男の身体だ。

自分は香山に抱かれているのだ。香山の腕のなかに埋まり、彼がベルトを外す音に頭を熱くしている。片足を抱え上げられ、興奮した切っ先を押し当てられ……。けれどひとつひとつの手順を追いかける余裕もなく、微かに乱れた彼の呼吸の音にただ心を奪われている。

もし、今、吉田が目を覚ましたとしても元は止まらないだろう。香山から離れられないだろう。

「つかまっていろ」

汗で張りついた前髪を唇で分けるようにして、キスされた。

男と寝ても得られるのは快感だけ、相手に対してなんの感情も湧かないと言っていた人がさり気なく自分を思いやってくれている気がして、うぬぼれかもしれないが元は嬉しかった。

「いっ……」

一気に押し入ってきたのは、苦痛を長引かせないためか。

しかし、その瞬間――痛みを感じる間もなく元は昇りつめていた。香山を受け入れた衝撃で、膨らみきった悦《よろこ》びが弾けていた。

大きな声を上げた気がする。それを香山のキスが吸い取ってくれた。そのまま唇を合わせ、元を強く抱きしめながら、香山は二度、三度と抜き差しをした。

彼の分身に擦られると、内側が火がついたように熱くなる。突かれるたび、抱えられた足がピクンと跳ね上がり、元は唇を貪られながら呻《うめ》いた。

彼が達《い》ったのは、元の外でだ。

香山が極めた刹那《せつな》、彼の漏らした熱い息を耳にした時。一度終わっていたはずの元の分身からも蜜《みつ》が零れた。

香山の言うとおりだった。

雑誌の上で繰り広げられていた未知の世界も、自分には到底真似《まね》できないと思ったあんなことやこんなことも、すべては『好きな男となら天国だ』。

それを確かめることができて、元は嬉しかった。後悔はしていなかった。しかし、そう思っているのはきっと自分だけだ。

身繕いが終わりこちらに向けられた香山の背に滲むのは、今夜のことを悔いる色。

元の挑発に乗ってその気もないのに一線を踏み越えてしまったことを、香山は後悔しているに違いない。

「俺が誘ったみたいなもんだから……、匠さんのせいじゃないよ」

嫌われることしかやっていないのに、嫌われるのが怖くて。離れて行かれるのが怖くて、元は向けられた背に縋る目を向けた。

「その誘いに乗ったのは、俺だ」

「だったら、あいこだよな」

すまなかったと謝られたら、終わりだ。そんな気は一ミリもなかったのに後悔していると口に出して言われたら、やりきれない。もっと苦しくなる。そう思ったから元は、「謝ったりすんなよな」と怒った口調でつけ加えた。

元の心に込み上げるのは、香山とは別の後悔。

あんたは特別な存在じゃないなんて、嫌いだなんて言うんじゃなかった。うそばかりついているから、見ろ、自分で自分を追いつめて苦しくて堪らない。

本心を告げなければずっと苦しいままだと思うと、今までどおりこれからも暢気《のんき》に生きていく自信がなくなった。

「匠さん、俺……」

あれほど迷っていたのがうそみたいに、言葉がすぐそこまで出てきた。

次に口を開けば、言ってしまうと思った。

ようやく本当の気持ちを告げられると思った。

だが……。

立ち上がった香山が言った。

「忘れろ。俺も忘れる」

こちらに向けられたままの後ろ姿が、元を拒んでいた。

香山《かやま》の授業は、あの夜以来、ストップしたままだ。最後にきた電話では、長期の出張が入ったので当分時間が取れないという。

『勉強するコツはもう大体わかっただろうし、机に向かう習慣もお前さえその気になればすぐに身につく話だ。このあたりで一人で頑張ってみろ』

あとで勇気《ゆうき》に確かめてみると、確かにこれからの二、三ヵ月、香山には海外も含めあちこち飛び回る仕事が入っているらしい。月に何度か帰宅はするが、それもいつとは決まっていないという話だった。

『仕事じゃしょうがないよな』

香山にはそう答えた。でも、元《はじめ》は口にはしない香山の意志をはっきりと感じていた。今度こそ彼は自分から離れようとしている。

だからと言って、元にはどうすることもできなかった。

あの夜——。勢いで寝てしまって、元は香山への想いが真剣なものだと改めて思い知らされたが、香山も香山で確認したはずだ。キスをしても何も感じなかった相手と寝ても、やはり何の意味もなかったと。

香山家のお仕置き部屋で彼にしごかれる日々は、たぶんもう来ない。好きと告げられない恋を引きずって、一体いつになったらこの胸の苦しい想いは消えてくれるんだろうと、元はぼんやり考えていた。

チビたちが元気いっぱい飛び回る狭い家で勉強しようと思えば、どれだけの集中力が必要か。この環境で常に成績上位をキープしている光司《こうじ》に、元が今さらながらに尊敬の眼差しを向けるようになったのは、自分も家で必ず自主勉の時間を持つようになってからだ。

学校でも小テストのある前など、休み時間にこうして教科書を開く。さすがに二桁《けた》に満たない点数では情けない、せめて平均点に一点でも近づきたいと努力だけは惜しまなくなった元を、弟たちももうからかったりはやし立てたりはしなかった。

昼休み。中庭の芝生《しばふ》のいつもの場所。定番のサケと梅干しのお握りをさっさと平らげてしまった元は、教科書を開いて寝ころがり、マーカーで線を引っ張った英単語とにらめっこをしている。

頭上に広がる緑の梢《こずえ》。その葉と葉の間から、初秋の穏やかな日差しがキラキラと零《こぼ》れ落ちてくる。夏休みが終わった校内は、もう間もなくやってくる文化祭に向け、日がな一日なんとなくざわついている。ちなみに元のクラスは三年間の思い出を写真で展示するというお茶を濁した企画に落ち着いたので、たいしてやることがない。

〔明日のお昼、いつものとこで待ってて。相談したいことがあるんだ〕

昨夜、勇気からメールが来た。

顔を合わせるのは、今週に入って今日が初めてだ。

勇気は最近忙しい。文化祭本番に向け、準備が本格化しているからだ。

この間二年の教室に行く用事があってついでにちょっと覗《のぞ》いてみたら、クラスメートと楽しそうにしゃべっている勇気を見つけてホッとしたような寂しいような、元は複雑な気分になった。教室には居場所がないと、毎日逃げてきた勇気。元にくっついていないと落ち着かない様子だったのに……。雛《ひな》鳥《どり》が巣立ってしまったあとの親鳥の心境だろうか。

勇気は成長したのだ。

そして、元も。

香山から連絡がないまま夏が終わり新学期がスタートしても、こうして勉強を続けている理由——。勇気のためでも香山のためでもない、己のためだというただその一点だけで、元は自分がすごい進化を遂げたような気がしていた。勉強の習慣を身につけることで、学校生活そのものとまともに向き合えるようになった。

元はもったいなくなったのだ。せっかくの変化をゼロに戻してしまうのが。

自分にも頑張れば伸びる力があることを体感すると、今度は欲が出てきた。将来の夢を夢で終わらせたくないという欲が。

(やっぱ、俺……、なまけて楽な方に逃げてただけだったのかな。家のこと、口実にして)

仰向《あおむ》けになった元は、開いた教科書を顔に載せると瞼《まぶた》を閉じた。

夢を目標にしろ、目標達成のためにはどうしたらいいかちゃんと考えろと、叱《しか》ってくれた香山の姿が浮かんで消える。

あれはやはり、調教師様最後の愛の鞭《むち》だったのだ。

香山の、どことなく殺気立った青白い顔。笑顔だけでなくあの怒った怖い表情を思い出してさえ胸がいっぱいになるなんて……。彼への想いが消える日は、残念ながらまだまだ先のようだった。

「いたいた!」

勇気が駆け寄ってくる気配がした。

何を相談したいのか知らないが頼られるのは久しぶりなので、ちょっと嬉《うれ》しい元だった。香山の近況が聞けるかも、という下心もしっかりあった。

「はじめちゃん、遅くなってごめんね」

教科書をヒョイと取られて目を開けると、飛び込んできたのはゴージャスな金髪巻き毛。カツラを被《かぶ》ったアゲ嬢もどきの勇気が元を覗き込んでいた。


「えっ？」

寝ころがったまま、元の目が丸くなった。

「お前……、今なんつった？」

瞬きするのも忘れて、勇気を見上げる。

「だから～、家出だよ、家出！」

「家出～!?」

我に返って飛び起きる。

てっきり文化祭がらみの悩みだろうと思っていた元を、勇気はいつもと変わらぬぽやんとした笑顔であっさり裏切った。

「次の週末にね、兄さん帰ってくるんだ」

「匠《たくみ》さんがどうしたって？」

「兄さんを説得するために家出したいから、はじめちゃん、協力して」

「はあっ!?」

つい大声が出てしまった。

「なにお前、わけわかんねーこと言ってんの⁉」

香山と勇気と家出と。三つの単語がまったく繋《つな》がらない。わかるように説明しろと元が迫ると、勇気の表情はとたんに真剣なものに変わって話しだした。

「父さんの跡を兄さんに継いでほしいんだ。僕が社長になるより、その方が絶対いいと思うんだ。家族のためにも会社のためにも」

勇気は力を込めて主張する。要するに、その気持ちを香山に受け取ってもらうための家出らしい。

『兄さんがその気になってくれるまで、僕は戻りません』

香山にメッセージを残し、勇気は家を出るつもりなのだ。

「おま……いきなり家出って、カゲキすぎねぇ？」

元は座り直すと、カツラを被った勇気と向き合った。家出先として自宅を提供する身としては、そうすんなりOKは出せない。

「父さんも同じ気持ちなんだよ。匠にはその器があるって。だから、何度も話し合ったみたい。でも、兄さんは将来は僕をサポートする仕事に専念したいって……」

「親父さんもか」

「兄さん、絶対、僕や母さんのこと気にしてると思う！　遠慮してるんだよ！」

「もうちょっと時間をかけて説得してみるとか？」

元は迷っていた。勇気の気持ちはよくわかる。だが、どんな理由があるにせよ弟に家出されれば香山は驚き、ショックを受けるに違いない。そんな計画の片棒を担ぎたくないというのも、本音だった。

「これ以上待ってると一番いいタイミングを外しちゃうんだって、父さんが話してるの聞いたんだ」

「タイミングって？」

「もし、兄さんに跡を譲るのなら、そろそろそのつもりで仕事を任せたり社内でも相応の扱いをしないと駄目ってことみたい」

そうした地道な力のアピールや、根回しによる周囲の理解。どちらも欠かせないものらしい。

「それに、僕としても一番いいタイミングなんだよ」

「あ？」

「僕、今なら思いきって何でもできそうな気がするんだ！」

「まあ……わからないでもないけどな」

元が勇気の頭をマジマジと見やると、

「あれっ？　外すの忘れてきちゃった！」

勇気は恥ずかしがるどころかむしろ嬉しそうに、顔の両サイドを飾る縦巻きロールを引っ張った。

「さっきまでカツラ合わせしてたんだよ。どうかな？　似合う？」

「お前、ハジケすぎだって」

元は呆《あき》れたものの、クラスに念願の友達もでき一気に弾《はじ》けたそのパワーが源となって、勇気を何でもできる気にさせているのに違いなかった。

「計画どおりにいくかな」

「もう一度考えてみるって言ってもらえるだけでもいいんだ」

「んー……」

「お願いです！　協力してください！」

正座した勇気は、芝生におでこがくっつくほど頭を下げた。

「でもなあ」

「はじめちゃんにしか頼めないんだ！」

いくら無茶で無謀で幼い計画でも、勇気は真剣なのだ。

「はじめちゃん家にいる間は、なんでも手伝いするから！　士郎《しろう》君や省吾《しょうご》君の面倒だってみるよ！」

「しょうがねーな」

「ありがとう！　ありがとう、はじめちゃん！」

香山に対して申し訳ないという気持ちを引きずりながらも、元は押し切られてしまった。元は忘れていたのだ。香山の勇気への思いもまた、弟が兄を思う情熱に負けないぐらい強いのだということを。冷静に考えれば、死ぬほど後悔することなど目に見えていたのに――。


「ほかにどこか……、お前に心当たりはないか？」

血の気の失せた顔で、香山が元を振り向いた。

土曜日の、人でにぎわうホームセンターの一階だった。ガラス越しに幾つものケージが見える一角は、子猫や子犬たちペットを売るコーナーだ。

勇気の家出を知った香山は、即座に思いつく限りの場所を捜して歩いた。ここにはまだ勇気が小学生だった頃、休みのたびにねだられよく連れてきてやったのだという。

「ごめん……、ない」

元の胸は、香山に電話をもらった瞬間からもうずっしりと重たかった。

『勇気が家出をしたんだ。何か聞いていないか？』

出張から帰ってきたばかりだという香山から連絡が入ったのは、昼前だった。ともすると取り乱してしまいそうな自分を懸命に抑えている彼の声を聞いた時、後悔は一気に膨れ上がって元の胸を塞いだ。

『俺もいっしょに捜すよ』

白々しく申し出た自分を、その場で殴りつけたくなった。

「どこでもいいんだ。一度しか行ったことのない場所でも」

元は香山の青白い面を見やる。

「匠さんも知ってると思うけど……」

目を合わせているのも辛《つら》かった。

「勇気はあんたの言いつけをよく守ってたよ。寄り道は禁止されてるからって放課後しゃべるのも学校のなかでだったし、休みに二人で遊びに行ったこともないし……」

「そうだったな」

香山の焦燥の色が濃くなる。

香山はホームセンターを出、駐車場へ向かおうとして足を止めた。捜すべき場所はすべて捜しつくしてしまったのだ。途方に暮れたように立ち尽くしている。陽はほとんど傾きかけ、ひやりとした薄闇《うすやみ》が二人を包み始めていた。

仕事から帰ったその足で、すぐさま家を飛び出したのだろう。こんな場所ではあまり見かけないスーツにコート姿で、香山はじっと何かに耐えている。

『日を置いて電話を入れるので、それまでに返事を用意しておいて』

――そうメッセージを残してきたと勇気は言っていた。兄さんのことだからこちらが連絡を入れるまでにしっかり考えておいてくれるはずだよと、無邪気に話していた。家出が非常識な手段だという意識はあっても、それでたとえば警察を呼ぶような大事になるとは想像もしていないのだ。

しかし、現実はこれだ。

香山は勇気を捜して小走りになりながら足をもつれさせてしまうほど、心を乱している。すぐにでも勇気の無事な顔が見たいと、焦って必死になっている。

いまだ身動きもせず佇《たたず》んだ後ろ姿にかける言葉もなく……、いや言葉をかける資格など俺にはないんだと、元はうなだれた。

元が一番苦しいのは、香山が自分をまったく疑っていないということだった。電話がかかってきた時、お前のところにいるんじゃないかと追及されることを覚悟していた。勇気と元の仲を考えれば、疑うのが自然だ。だが、香山はそんな様子はまったく見せなかった。

信頼されている――。

いっしょにいてその気持ちを強く感じるたび、元の身体の奥から突き上げてくるものがあった。

ようやく香山の足が動いたと思った時、彼はセンターの入り口脇《わき》にある広場に向かった。屋台が数店、軒を並べている。焼き鳥やクレープを求めて子供を連れた主婦や部活帰りらしい高校生たちが、パラパラと買いにやってくる。

元のところに戻ってきた香山の手には、二人分のホットドッグ。食べろと差し出された。

「今はメシどころじゃ……」

元が受け取れずにいると、

「ずっと走りっぱなしだっただろう。悪かったな」

香山は元の手を取り、昼食と呼ぶには遅すぎるそれを渡した。

「お前、おかわりは弟たちが全員食べ終わってからと決めてるんだって？　大抵お釜《かま》はからっぽだから腹いっぱい食べられることはそうないんじゃないかと、お母さんが言ってたぞ」

香山の手が、いつかの夜のように元の頭を一瞬引き寄せ、抱いた。

「ちゃんと食え。俺も食べるから」

温かな空気が元を包んだ。

広場の一角に申し訳程度に設置してある飲食スペースに移った。小さなテーブルに向き合って座る。香山は自販機でお茶も買ってきてくれた。

「いただきますっ」

元はわざとガブリと威勢よくかぶりついた。

（くそっ）

噛《か》みしめるたび、目にしょっぱいものが滲《にじ》んできそうになった。

勇気の心配で頭がいっぱいのはずなのに、香山のなかに自分のことを気にかけてくれる気持ちがあるのが堪《たま》らなく嬉しかった。と同時に、胸のなかで渦巻き続けていた後悔がこれ以上ないほど膨らんでしまった。

半分ほど食べてふと目を上げると、やはり食事をする気分ではないのだろう。まったく口をつけていない香山のホットドッグが、ペーパーにくるまれたままテーブルの上で冷たくなっていた。

「匠さん……」

香山は頭を抱えるようにして、静かに顔を伏せた。

「罰が当たったんだな」

ポツンと言葉が落ちる。

「罰？」

「俺がお前からも勇気からも逃げていたから……」

元はごくんと口のなかのものを飲み込み、目を伏せた。

（やっぱり……）

この数ヵ月の長期出張には——実際、出張して片付けるべき仕事はあるのだろうが——香山の気持ち的にはそういう意図もあったのだと知って、悲しくなった。

「あのさ……。逃げるって言わねーよ。あんなことがあったら、俺のこと避けるのフツーじゃねぇの？　俺もそれぐらいのこと、わかってるつもりだけど？」

（――あれ？）

元は首を捻《ひね》った。

「でも、なんで勇気？　勇気から逃げるって……なんで？」

「お前とあんなことになって、俺は勇気に合わせる顔がなくなった」

「匠さん？」

元には香山の言葉の意味がよくわからなかった。しかし、説明してほしいと思っても、顔を覆った香山の、指の間から覗く表情があまりに苦しそうだったので、それ以上何も言えなかった。

「やはり、いっしょに住むべきじゃなかったのか……」

「えっ？」

香山の思いつめた呟《つぶや》きに、元の胸は冷たくなった。

「ずっと離れていた方がよかったのかもしれない」

「ちょっと……」

元は思わず立ち上がっていた。

「ちょっと待ってよ！」

もう限界だった。香山も勇気もどちらも願ってもいないのに、これまでの生活にヒビが入るような結果になったら、それこそ後悔してもしきれない。

「ごめんっ！」

突然頭を直角に下げて謝った元を、香山の驚いた目が見上げた。

いったん香山家に戻って車を置くと、夜の道を二人は元の家に向かっていた。

強張《こわば》って小さくなったコートの背中について、元はとぼとぼ歩いて行く。鎖に繋がれたみたいに足が重い。

耐えきれずすべてを告白した元に、香山はそうかと頷いただけだった。怒って責めたり、罵《ののし》ったりもしない。だからこそ余計に、元は苦しさに押し潰《つぶ》されそうになっていた。

家がやけに遠くに感じる。

アーケードを抜け横道に入ると、家々の窓から零れる明かりが前を行く香山の姿を照らし出す。何かを深く考えている様子が、その背にもはっきりと映っていた。緊張感が薄い膜になって張りついている。

元は怯《おび》えていた。最悪の言葉を告げられるシーンが繰り返し浮かんでは消え、元の胸をキリキリとしめつける。

「お前が勇気の計画に協力したということは、俺の生い立ちについて聞いているんだな」

香山の歩くスピードが遅くなったので、二人の肩は並んだ。少し前までうつむき加減だった香山が、今は真っ直ぐ道の先に視線を向けている。

「俺は弱い人間だ。狡《ずる》いところもある」

香山が唐突に言った。

「勇気のかいかぶりだ。俺はあいつや母に遠慮して、今のポジションを選んだわけじゃない。その方が楽だし、この先平和に暮らしていけると思ったからだ」

実母の生家に一人残された香山は、勇気が想像していたようにたくさんの壁にぶつかりながら成長した。ドラマや小説になるような、取り立てて大きな出来事があったわけではない。だが、周囲の詮索《せんさく》や無神経、嘲笑《ちょうしょう》や悪意など。あらぬる種類の負の感情に揉《も》まれ続けて、香山はすっかり疲れ果ててしまった。

「俺が父の跡を継げば、社内だけでなく父母両方の親族から不満や非難の声が上がるのは目に見えている。揉めごとはもうたくさんなんだ」

香山が勇気たち家族といっしょに暮らすまで長い時間がかかったのも、そうした身内の強い反対に遭ったからだった。

「だがな。俺は自分が現実から逃げたとは思っていない。自分なりに悩んで考えた末に出した、これが結論なんだ。俺にとって一番幸福な選択なんだ」

大学を出た時、別の会社に就職が決まっていた。しかし、ぜひ私のところへ来てくれと何度も香山の家へ足を運んでは勧めてくれた父と、そして何より父親といっしょに頭を下げてくれた継母であるその人のために何かしたいと思った。本来なら一番憎まれ疎まれてもおかしくない相手に優しくしてもらった喜びは感謝の念となり、今も香山の生き方を正すひとつの指針となっている。

「初めて会った時、何のためらいもなく兄さんと呼んでくれた勇気が、俺はただ可愛い。そして、今の母の愛情に報いるためにも、あの人の宝である勇気をできる限り大切にしたいと思うんだ」

勇気に少々過保護になってしまう香山の心の奥には、そんな理由も隠されていたのだ。

「俺は家族に甘えて楽な生き方を選んだ。だが、その分、会社でも家でも何に対しても完璧《かんぺき》を目指して手抜きを絶対にしないことを目標にしている」

「……だね。わかるよ」

さよならと告げられる時が……、二人の別れの時が迫っているのではないかという予感に怯えながらも、元はようやく言葉を挟んだ。

「ただ、少し肩に力が入りすぎだってことには……、たまにはリラックスして緩く構えた方が家族もほっとするんだってことには最近になって気づかされたが」

「そう……」

「元にも礼を言わないとな」

「俺に？　……なんで？」

「お前といて感情を表に出す気持ちよさを知ったんだ。時に暴走しても、それで必ずしも何かが壊れたり変わったりするわけではないということもわかった」

息苦しく感じられるぐらい真面目に、誠実に。たくさんの言葉を繋げて自分の思いを語ってくれる香山に、ふと元の心に小さな光が差し込んだ。

ずっと告白しようかしまいか、気持ちは揺れていた。でも、この人なら、たとえどんな告白にでも真剣に耳を傾けてくれるんじゃないかという気がしてきた。

何も怖がらなくていい。香山は迷惑がったりしないし、嫌な表情もきっと見せない。冷たい言葉で撥《は》ねつけたりもしない。元の気持ちを受け入れるのは無理でも、きっと受け止めてはくれる。元にとって、それは希望の光だった。

「人に話すようなことではないのに、なぜかお前には聞かせてしまうな」

「お互いさまだよ。俺だって保育士になりたいって秘密、匠さんにはゲロっちゃったし」

「ああ……」

「ねぇ」

「うん？」

「今俺に聞かせてくれたようなこと、家族の前でも正直に話したら？　みんな、わかってくれるんじゃないかな？　勇気の父ちゃんと母ちゃんだもんな。無理に継げとは言わないような気がする」

「そうか……。そうだな」

角を曲がると、内海家の明かりが見えてきた。

「お前も俺を見習って、家族に甘えればいい」

香山の口調は穏やかだった。しかし、足を止めた彼の面に元の欲しい微笑《ほほえ》みはなかった。緊張の色が、その表情を厳しく引きしめている。

「夏にお前のお母さんに会った時、言っていたな。どうすれば元にとって一番いいのかわからないと悩んでいたよ」

「母ちゃんが？」

『元は一番のお兄ちゃんだから、ずっと頼りっきりだったでしょう？　家族みんな、あの子の頑張りに甘えてきたのよ。今さら自分の夢を大切にしなさいなんて偉そうなこと、私には言えない。虫がよすぎて』

香山は、保育士の仕事に本当に就きたいのかどうか。まずそこから考えてみるといいと言った。

「それでどうしてもというほど強い気持ちがないと納得できたら、夢は夢のまま終わらせてもいい。そうでないなら、どうすれば実現できるか具体的な方法を探ってみる。お前はほかの兄弟の幸せのためにいるんじゃないんだ。五人はお互いの幸せを願っているんだから、元が自分の目標目指して頑張ることをみんな喜んでくれるはずだ。そうじゃないのか」

「うん……」

今夜の元は素直に頷くことができた。

「元」

香山の声が、急に重たくなった。

「お前と勇気のことは――」

いよいよなんだと思うと、彼がその言葉を発するまでのたった数秒間待つのも辛くて、元は思わず先に口を開いていた。

「わかってるよ。もう会えないって言うんだろ?」

香山は驚いたように唇を閉じた。

家出の理由はどうあれ、それを止めずに協力する友人など弟にはふさわしくない。香山がそう判断したとしても文句は言えない。しかも、香山といっしょになって勇気を捜す芝居までしたのだ。もう顔も見たくないと嫌われても、しかたがない。

「そうだな……。会わない方がいい」

しばらく間を置き返ってきた香山の一言が、また、ずしりと重たく胸に響く。

「わかった。もう会わない。でも、その前に――」

元は挫《くじ》けそうな心を励ます。

この人ほど俺のことを真剣に考えてくれる人は、いない。全力で怒ってくれる人もいない。

告白するつもりだった。そうせずにはいられないほど、もうすぐそこまで香山への想いが溢《あふ》れていた。

「兄ちゃーん！」

突然、元を呼ぶ声がして、元と香山はそろってそちらを向いた。

「兄ちゃん！」

光司がこっちに向かって駆けてくる。

半ばシルエットになった内海《うつみ》家の前には、バラバラとほかの弟たちの影が見える。様子がおかしい。何だか落ち着きがない。元は背伸びをして勇気の姿を捜した。

家族は勇気の家出を知らない。いつものように泊まりがけで遊びにきたとだけ、話してあった。光司は元の隣に香山を見つけると、チラリと戸惑いの表情を浮かべた。

「勇気がどうかしたのか？」

元は悪い予感に突き動かされる。光司は香山を気にしつつ、途中で勇気に会わなかったかと聞いた。元と香山が首を横に振るのを見ると、どうしようと光司はにわかに焦りの表情を浮かべる。

「買い物を頼んだんだ。明日の朝食用のたまご。俺が省吾たちを風呂《ふろ》に入れるんでバタバタしてたら、代わりに行ってくれるって」

「まさか……戻って来ないのか？」

「気がついたら二時間近く経ってて。いつものスーパーに行くって言ってたし、だったら往復でせいぜい二十分だろ？」

元は思わず香山と顔を見合わせていた。確かに。寄り道をしているにしても遅すぎる。

「家出の……家出？」

何か考えがあって、勇気は家出先の内海家をも飛び出したのだろうか？　でも、どこへ？

心配のあまり、元の胸はムカムカと気分が悪くなってきた。

「あの……兄ちゃん……」

光司はまだ何か言いたそうだった。

「気がついたことでもある？」

あれば話してみてと、香山が促す。

「勇気さんが出かける直前だったと思う。あの人が来たんだ」

「あの人？　誰だ？」

「やくざもどきの兄ちゃんの友達」

「玉置《たまき》さんか！」

「チラッと外を見たら、二、三人連れて来てるみたいだった。兄ちゃんはバイトで当分戻ってきませんって言ったら、すぐに帰ってったけど……。省吾がね、二階の窓から勇気さんが前の道で誰かと話してるの見たって言うんだ。これって関係ないかな?」

「それだ！　あの人のしわざだ！」

時間的に考えて、買い物に出た勇気は玉置たちと顔を合わせてしまったに違いない。

『卒業できねぇとまずいから、勉強とバイトに精を出すことに決めたんです。悪いけど、先輩たちと遊ぶのもやめるんで』

元が玉置に告げた時、あの男は引き止めはしなかったがあからさまに不機嫌になった。その後も懲りずに何度も誘いの電話やメールを寄越したが、元はＮＯの返事しか返さなかった。

「俺の態度が変わったのは、勇気のせいだと勘違いしてるようなとこあったし……。それにあの人、匠さんと勇気が兄弟だってこと、あとで知ったみたいだった。あんたがやくざの幹部ってのがただのハッタリだってことも」

しかし、駐車場で喧嘩《けんか》をしたライバル店のホストたちは、そんな事情は知らない。今もフェアな勝負にプロの応援を頼んだ腰抜けと嘲笑《わら》われているらしく、玉置は香山に恨みを抱いているようだった。

「あいつらが勇気をどこに連れて行ったか、わからないか?」

「思いつくとこはイッコあるにはあるけど……」

握った手のひらにまで汗をかくほど動揺している元に比べ、香山はびっくりするほど冷静だった。だが、その目を見ればわかる。香山は一分でも一秒でも早く、弟のもとに駆けつけたがっている。

「連れて行ってくれ」

元は香山と二人で走り出した。


玉置に人の命を奪うような悪事を働く度胸はない。元の聞いた限りでは、喧嘩や万引き、あるいはグループ内でのたかりぐらいのものだ。

「勇気を人質に匠さんを呼び出して殴って鬱憤晴《うっぷんば》らしをしようとか、詫《わ》びの代わりに金を出せとか、そういうのが目的なんだと思う!」

二人は再びアーケードを抜け、町の目抜き通りに沿って走っている。途中で車を拾えればいいが、ダメならこのまま駅向こうのタクシー乗り場まで行かなければならない。

元の心当たりの場所とは、ここから徒歩で行くには距離のある河川敷だった。玉置のバイクで何度かいっしょに行ったことがあるが、一時間はかかった。

「短気な男だと言っていたな!」

「気に入らないことがあると、暴走するかも!」

「だったらなおさら、向こうが連絡を取ってくるまでのんびり待つわけにはいかない！　先回りして早く助け出さないと！」

二人は足を止め、車の流れを目で追いかけた。まだ夜の早い時刻のせいか、タクシーそのものがあまり走っていない。このまま駅へ向かうか、でなければ香山の家に戻って車を出すかどちらかだが……。肩で息をしながらあたりを見回した香山の視線が、ピタリと留まった。

道を挟んだ斜め向かいに、バイクを歩道に乗り上げている男がいた。その先の裏道がちょうど違法駐輪の目立つ一帯で、おそらく男もそこに愛車を停め用事を済ませるか、遊びに行くかしようとしているところなのだろう。

「匠さん!?」

車の流れを止め、強引に道を渡り始めた香山に元は慌ててついて行く。

（うそ？　バイクで？）

まさかと思ったが、そうだった。香山は男を捕まえると、有無を言わせず万札数枚プラス名刺を彼の手に押しつけた。人の命がかかっているからと頼んで、強引にキーを借りてしまった。

香山はひとつしかないヘルメットを元に渡した。

「バイクなら渋滞に引っかかっても抜けられるからな」

「匠さん、免許持ってんの!?」

「一応な」

「もしかして……、車庫に愛車が眠ってるとか⁉」

「忙しくてずいぶん長い間埃《ほこり》を被《かぶ》ったままだが」

大急ぎで会話を交わしている間に、バイクは二人を乗せて走り出していた。

元の両手は香山の腰に。

四百ccの、腹の底に響く小気味のいい揺れに元は思わず目を閉じた。完璧ビジネスマシンのクールな香山と、バイクに跨《また》がるワイルドな香山と。ふたつの間には大きなギャップがあって、だが、そこがかえってカッコいいと思ってしまった。

香山にしがみつく手に力がこもる。

こんな時に不謹慎だが、胸がドキドキうるさい。

「ずるいよ！　あんたのこと、これ以上好きになりたくねぇのに！」

つい声に出してしまった元の叫びは、香山には届かない。流れる風に乗り、後ろへ飛ばされてしまった。

不思議な安堵《あんど》感。勇気の身に何かあったらとさっきまで膨らむ一方だった不安が、薄らいでいる。

香山なら絶対何とかしてくれる。この人に甘えて頼ってついていけば、いいんだ。きっと勇気を助けられる。

元は香山に強く身を寄せた。

（ほんとならメットなし、速度オーバーで突っ走るなんてルール違反、絶対しない人なのに）

冗談抜きで、香山が正義の味方なみにカッコよく思えてきた。

そして実際、彼はそれぐらいカッコよかったのだ――。


水面に弾けて輝くのは、月明かり。目指す河川敷に案の定たむろって酒盛りをする玉置たち四人の姿を見つけた時、バイクのスピードが落ちた。彼らが土堤の上に停めている車の陰に隠れる。何か考えはあるのかと尋ねた元に――香山のことだからてっきりこの前のようにハッタリをかますか、芝居のひとつも打つものと決めつけていたのだ――しかし、香山は一言「計画などない」と答えた。

「このままバイクで突っ込むまでだ！」

「バイクって……」

「不意をつかれて向こうも考える暇などないだろうから、お互いさまだ！」

「特攻かけんのかよっ⁉」

無謀な賭《か》けに思えた。上の道から川原まで、スタントマンでもないのに傾斜の大きい斜面をバイクで走り下りるなど、怖くてそう簡単にできるものではない。驚いている元に、迷っている場合じゃないと指示が出る。

「突っ込むのは俺だけだ。お前は先に下りて、真っ直ぐ勇気のところへ行け。連中の目が俺に向いてる間に助けてやってくれ」

騒ぐ玉置たちから五、六メートル離れた場所に、ビニールシートと廃材を利用して作った小屋があった。持ち主のホームレスを追い出し、たまに別荘として使っているのだと玉置から教えられた小屋だ。なかは意外と広く雨風も十分しのげるという話で、たとえば危ない薬を吸ったり、女の子を連れ込み半ば監禁状態で口説くのに使っているらしい。

勇気はおそらくあのなかだ。

「わかった、やる！」

「ただし、お前はやつらに絶対手を出すなよ」

「でも、あんた一人じゃ——」

「約束しろ！　絶対だ！」

「わかった」

「お前は好きな男を守ることだけ考えていればいい！」

「わかっ……」

——好きな男!?

バイクを下りようとした元は、「はあっ？」と口を半開きにして香山の後頭部を見上げた。

「はじめちゃん！」

口に張られたガムテープを剝《は》がしてやった時、勇気は今にも泣きだしそうな声を出した。イモムシみたいに転がされていた身体を起こしてやる。

「殴られたのか!?」

手足に巻かれたテープも取ってやりながら、元は勇気の右目が腫《は》れているのに気がついた。よく見ると唇も切れている。

「僕もはじめちゃんを見習って戦おうと思ったんだ」

でも、玉置の脛《すね》を蹴飛《けと》ばしただけで二発殴られ終わってしまったと、勇気はしょんぼり肩を落とす。

「それでよかったんだよ！　あの人がキレたら、もっとボコボコにされてたぞ！」

「でも……、弱っちいよ」

バイクで土堤を一気に走り下り、玉置たちのなかに突っ込んでいった香山。そのまま乱闘に突入したに違いない外の騒ぎに心を奪われつつも、血で汚れた勇気の頰《ほお》を元はグイと指で拭《ぬぐ》った。

「お前、強かったじゃん。一生に一度も殴られないで死ぬやつがほとんどなのに、二発もやられてそれでも泣かないで逃げようって頑張ってたんだろ？　すげーよ、勇気は」

勇気の汚れて埃だらけの洋服も、擦れて赤くなった手首も。玉置たちが酒盛りしている間に何とかしようとジタバタ足掻《あが》いた跡だ。

元に誉められると、勇気はたちまち元気を取り戻した。

「やっぱり来てくれた。絶対はじめちゃんが助けてくれるって信じてたんだ」

「運がよかっただけだ。俺、お前のスーパーマンじゃねーし」

「スーパーマンでしょ？　もう二回目だもの」

「だったら、俺だけじゃないよな」

元は少しふらついている勇気の手を取り、急いで外に出た。

「見ろ。もう一人いるだろ。俺のスーパーマンが――」

元は暴れる香山を指さす。

大丈夫だ！　あの人は負けない！　今頃あいつらをガンガンぶちのめしているはず！

――そんな元の願いと信頼を裏切らないだけの光景が、そこには繰り広げられていた。

それにしても強い。もちろん漫画みたいに一発で倒せるわけではないが、拳《こぶし》の重みがあきらかに違う。あのスレンダーな身体のどこにそんな力があるのかというハードなパンチに、敵はダメージを受けまくっている。

「……ハンパねぇな」

前回の、頭と度胸で切り抜けたスマートな戦い方とはまるで違う。香山は人に拳を向ける人間ではないと勝手に決めつけていただけに、バイクを駆った特攻といい、元は唖然《あぜん》としつつも思わず見惚《みと》れてしまった。

「兄さんね。一時、不良になっちゃおっかなって本気で考えたことあったみたい」

勇気も目を丸くし、どこかポカンとしている。

「それぐらい毎日がつまんなかったんだって」

「もしかしたら匠さん……、やくざとマジで殴り合いしたことあるんじゃね？　実は昔、怖いおっさんたちと飲み友達だったとかさ。だからあん時、シマとか組とか、やけにリアルに脅しをかけられたのかも……」

この過激な暴れっぷりには、本人しか知らない青春時代の裏事情が隠されているのかもと想像してしまう。

「あっ！」

「ああっ！」

二人は同時に声を上げた。敵はとうとう最後の一人になったが、さすが四人を相手に消耗したのだろう。香山は二発くらって尻餅《しりもち》をつきかけた。すかさず胸に蹴りが入る。仰向けに転がった香山が起き上がる前に、男は後ろの草むらから棒のようなものを拾い上げた。

「匠さん！」

手を出さないと約束したのも忘れて、元は駆け寄っていた。

「よせ！　元！」

「俺が相手だ！　来いよ！」

最後に残っていたのは、玉置だった。挑発した元に怒りを煽《あお》られた玉置は、手にした古いバットを振り上げ向かってきた。

「元っ！」

しかし、玉置の攻撃は跳ね返された。元を庇《かば》った香山の背中に。

「匠さん！　どいて俺が――！」

「駄目だ！」

元を抱きしめ三度振り下ろされたバットの痛みに耐えた香山は、いきなり身体を反転させる。

最後の力を振り絞った一発が、ボスッと相手の鳩尾《みぞおち》に埋まる。

「うう……」

玉置は恨みがましげな白目を剝いた。自分を抱きしめるように丸くなると、ゆっくり前のめりに倒れた。

精根尽き果てたという様子で両足を放り出し座り込んだ香山の隣に、勇気が膝《ひざ》を折った。その反対隣に元がしゃがむと、香山は待っていたように二人の頭を抱いて引き寄せた。

「無事か……。無事だな」

しっかり確かめさせてくれとでも言いたげに、擦り傷だらけの香山の指に力が入る。乱れて苦しげな彼の呼吸が間近になる。

「背中、痛いよね？　大丈夫？」

心配そうな勇気の肩を借りずに立ち上がることで、香山はたいしたことはないと示してみせる。

元は……元は指の震えが止まらなかった。香山が殴られる音を、抱きしめてくれた彼の身体を通して聞いたあの瞬間の恐怖がまだ消えていなかった。

「俺だってやれたのに……」

もしも香山が……と最悪の場面を想像するだけで、息もできなくなる。

「俺はあんたに怪我《けが》させてまで、守ってもらいたいとは思わない！」

「そんなつもりはなかった」

香山を想うがゆえの元の苛立ちを、彼は柔らかく受け止める。

「俺はただ、お前に無事に卒業してほしかっただけだ」

「え？　……」

「もしここでつまずきでもしたら、目標を叶《かな》える道が遠くなる。回り道もできるだろうが、家庭の事情を考えれば最短で実現する方がいいに決まっている。俺はお前がこれから登ろうとしている梯子《はしご》を、自ら外すような真似《まね》はさせたくなかっただけだ」

「匠さん……」

幸い見物客はいなかったが、もし通報されて警察沙汰《ざた》になっていたら？　元が乱闘に積極的に参加していたら？　当然学校にも連絡が行き、厳しい処分を受けていたかもしれない。卒業できたとしても、元の経歴に傷がついたかもしれない。たとえその可能性が限りなく低かったとしても、ゼロではない限り香山はそれを見過ごせなかったのだろう。

やばい、泣きそーだよ。

この人は、もう何度自分をこんなふうにやるせなく切なく苦しい気持ちにさせただろう。ほかの誰も、ここまで元を追いつめることはできない。

「……っ」

再び喉もとまで迫り上がってきた言葉が、元の胸を熱くしている。どうしても……、どうしても告白しないままこの恋を終わらせてしまうのは嫌だと思った。

「匠さん、ひとつだけ言っとくけど」

「なんだ？」

「俺、勇気のこと好きだよ。好きって何度も言ったような気もするけど……、でもそれって友達の意味の好きだからな。勇気だって同じだ」

きっぱりそう言った時——。元は、香山がやはりとんでもない勘違いをしていたのだと知った。なぜなら香山は、あからさまにびっくりした表情に変わったからだ。鼻先で風船でも割られたみたいな、ちょっとまぬけな顔と言ってもいい。

男同士は障害が多く苦労がつきないから、やめた方がいい。たぶん、香山の理性はそう考えている。だが、兄としての感情は反対だ。弟には好きな相手と幸せになってほしい。悲しませたくない。きっと二つの思いの間で、香山は揺れていたに違いなかった。彼のちょっと首を傾《かし》げてしまうような過去の言動にも、これで納得がいく。

「俺は……」

元は視線を落とした。

「……俺が好きなのは……」

うつむき加減の元と、元を見つめる兄と。何の話をしているんだろうと勇気は不思議そうな顔つきで二人を眺めていたが、急に嬉しそうな笑みを浮かべて元の隣にやってきた。

「はじめちゃん、はじめちゃん」

「えっ？」

「はじめちゃんは、兄さんが好きなの？」

ギョッとした元の目に、瞳を輝かせた勇気が映る。

「はじめちゃんは長男でお兄ちゃんがいないからね。だから、欲しいんでしょう?」

「あ……」

「いいよ、いいよ。僕も光司君たちと仲良くなって、弟がたくさんできたみたいですごく楽しいから。はじめちゃんも兄さんのこと、自分の兄弟だと思っていいよ」

勇気らしい、半分当たっているが半分は見事に大外れな解釈に元はホッとした。んが、

「だってさっき、俺のスーパーマンって言ってたぐらいだものねぇ」

思いもかけない指摘をされて、焦った。

「言ってねぇだろ！　違うだろ！　俺たちのって言ったろ！」

実際、そう言ったつもりだったのだ。

「えー?　俺のって言ってたよ?　もう、すごーく自慢そうに鼻の穴ふくらませてさ」

「鼻の穴って――」

子供みたいな言い合いが続いて、ふと場の空気が和んだ。

思いつめるあまりまともに働かないほど熱くなっていた元の頭に、するりと冷たい風が入ってきた。香山を好きだと想う気持ちは、もうそれだけで自分一人のものではなく彼のものでもあるのだと、ちょっと立ち止まって考えるだけの冷静さが生まれた。

(駄目なんだ、まだ――！)

元は一瞬固く目を閉じ、渦巻く想いを再び心に封じる。

これだけ真剣に俺のこと、考えてくれる人なんだ。俺も匠さんに応《こた》えられるだけの資格を手に入れないと、告白できない——。

「匠さん。俺、あとは自分一人で頑張ってみるよ。その代わり、無事卒業できたら会いに行ってもいい？」

香山の顔からはまだ、驚きも戸惑いの色も消えていない。だが、元への返事をためらうことはなかった。卒業後の再会を約束してくれた。

●○●

「あんた、ほんとに出なくていいの？　謝恩会」

「いいって！」

下駄箱のところで、元は追いかけてきた母親に面倒くさそうに手を振った。

卒業式が終わったばかりの学校は、校舎も校庭も人で溢れている。

体育館脇にかたまって植えられた、桜の古木。その枝を彩る初々しい花と同じ薄桃色のリボンを胸に、生徒たちは今日この学舎を巣立って行くのだ。

しかし、当の元はと言えば、式の間中「だりぃ」を連発。巣立ちの感慨などまるでなかった。卒業したことを証明する書類さえもらえれば、あとは寝ていたってよかったぐらいだ。

「俺が感謝して、誰が喜ぶんだよ。向こうだってウザいだけだろ」

「元はそれでいいかもしれないけど、私はそうはいかないわよ。先生方に挨拶《あいさつ》だけはして帰るから、あんたは先に帰ってなさい」

母親は校舎の方へ戻りかけ、あ、そうそうと元を振り返った。

「光司たちは買い物に出てていないから、留守番お願いね」

「ウス」

「卒業祝いのご馳走《ちそう》、みんなで作るんだって張り切ってたわよ〜」

「んじゃ、今晩は遠慮なくおかわりできるな」

適当な返事をして校門に向かった元は、すでに心ここにあらずだ。

卒業式は元にとって、パスポートの発行式みたいなものだった。香山に再び会いに行くのに必要な。

門の手前まで来て、元は足を止めた。携帯電話を引っ張りだす。登録してある香山の名前を呼び出した。

謝恩会など出ない。本当に感謝すべき相手は、ここにはいないのだから——。

元は卒業できたことより、今日に向けこの数ヵ月を真面目に頑張ってきたことにこそ、感激していた。自分で自分を誉めてやりたいと思っていた。家事、育児、バイト、勉強。自分が今やるべきことを、やるべき時に淡々とこなす。その集中力と忍耐力、継続力は、以前の元にはなかったものだ。すべては香山との出会いが贈ってくれたもの。

「土曜も仕事のこと、多かったもんなあ。今かけたら迷惑だよな」

迷った末に、アポの電話は夜まで我慢しようとあきらめた。

時折、桜の花びらが舞い落ちるその場所に元は佇み、胸の鼓動の速さを確かめた。

告白だ。告白しよう。そして、もしよかったらこれから先も遊び友達の隅っこにでも加えてもらえないか、頼んでみよう。

『俺の方が苦しくなったら、さよならするけどさ』

――そんな自分勝手な条件付きで。

今はまだ失恋と知ってそばにいる辛さよりも、離れてしまう苦しさの方が何倍も大きかった。好きで好きで好きでしかたのない人。約束だからと何ヵ月も会えずにいられたのが、不思議なぐらい……。

会うのはちょっと怖い。

でも、会いたい。本当に会いたくて会いたくて、眠れない夜もあったのだ。

勇気がたまに報告してくれる『最近の匠兄さん』が楽しみだった。と言っても、『昨日も残業で遅くまで帰ってこなかったよう』とか、『明日も仕事で五時前には家を出るんだって～』とか。毎回、代わり映えのしないリポートだったが。

「どーせ、あんたの方は俺のことなんか忘れて、今もバリバリ働いてるんだろーな」

胸を切なく疼《うず》かせ、ため息まじりに呟いて。肩を落として歩きだそうとした元は、すぐに誰かとぶつかった。

「ごめん」

謝って行き過ぎようとする。

懐かしい声に名前を呼ばれて、弾かれたように元の顔が上がった。

「匠さ……ん……？」

驚きすぎて、大事に抱えていた卒業証書ごと鞄《かばん》を落としてしまった。

「卒業おめでとう」

卒業生を見送るのにふさわしい、少しクラシカルで落ち着いたスーツ姿の香山は、元が出てくるのを待っていたのだと言った。

(あれ？　なんで？　どうしてここにいんの？)

目の前に香山がいることが信じられなくて。もしも現実だとしたら、何をしにきたのか見当もつかなくて、彼を見つめる元の表情は微妙に引きつっている。

香山は足もとに転がった荷物を拾い上げると、卒業証書の入った筒だけ渡した。

「おめでとう」

「え？　あ……ありがとう」

鬼調教師と駄犬。久しぶりに会ったせいで以前の調子が摑めないのか、香山も言葉を選んでいる様子だった。急に彼が眩しくて堪らなくなって、元は視線をスニーカーに落とした。ピンクの花びらが二枚、羽を広げた小さな蝶《ちょう》になって留まっている。

「わざわざ祝いにきてくれたの？」

「ほかに話したいこともあったからな」

「あ、ひょっとしてアレ？　例の、親父さんの跡を誰が継ぐかってハナシ？」

少しも離れていこうとしない香山の視線を感じると、体温が一気に高くなった。

（心の準備もできてねぇのに、どうすんだよ！）

ぐらぐら揺れまくっている気持ちを隠したくて、元はおしゃべりになる。

「勇気に聞いたよ。うまくいったんだよね？」

「お前にも心配をかけたが、おかげでな」

「よかったじゃん。やっぱ、正直に話して正解だったっしょ？」

俺の方も報告があるんだと、相変わらず香山の目は見られないまま、元は早口になってつけ加える。

「今までやってたバイトは、全部辞めることにしたんだ。んで、卒業したら臨時職員で採ってもらったとこで頑張る予定。ほら……、省吾が世話になってる保育園だよ。あそこで先生たちの補助みたいな仕事やらせてもらえることになった」

「よかったじゃないか」

「金貯めて、学校でも通信でも保育士の資格のとれるとこに通うつもり。将来あそこの保育園で働く約束をすれば、もしかしたら学費の一部を補助してもらえるかもしれない」

「目標達成までの道筋がついたんだな」

「うん……」

「お前が努力して拓《ひら》いた道だ。おめでとう」

「いいよもう、おめでとうは……。自分の力だけじゃねぇのはわかってる。憎ったらしい口ばっかきいてるかもしんねーけど、これでも感謝してんだよ、匠さんにはさ」

横を向き、ボソッと呟く元。大切な時なのに心の準備が追いつかず、こんな言い方しかできない。ここからどう告白に話を結び付けようか、元は焦りまくっていた。

「元が卒業できて、これで俺も家庭教師としては正式にお役御免だな。勇気との約束も果たせた。ようやくただの男として、お前の前に立てる」

香山は元に、俺の方を見てくれと言った。元はしかたなく、眩しげな目を彼に戻した。

人がにぎやかに行き交うその場所で、二人は向き合う。

「お前が好きだ」

ゆっくりと香山が告げた。

「は？」

元はキョトンと香山を見上げた。

「元を好きになった」

「えっ？」

元は香山の言葉を何度も頭のなかで繰り返してみた。

「あ……、そっか……。弟としてとか、そゆの？」

香山はいいやと首を横に振る。

「弟は手のかかるのが一人いるからな」

「じゃ、オニ調教師好みの駄犬ってこと？」

これには香山は面食らったらしく、「そんなに厳しくしたつもりはなかったんだが」と苦笑した。

「……じゃあ？」

気がつけば香山もとても眩しげな、照れたような眼差しを元に向けている。

「また、お前と二人で買い物に行ったりバイクで出かけたりしたいんだ。兄弟でも教師と教え子でもなく、恋人として」

「こい……」

元のなかで時間が止まった。奇跡が起こったのだ、と思った時――。自分でも想像もしていなかったことが起こった。

ぶわっと。それこそあっという間に両目に涙が盛り上がってきたのだ。香山を好きになって泣きそうになって、もう何度も我慢してきた分もいっしょに突然溢れてきた。

「んだよっ！　なんでそんな大事なコト、こんなとこで言うんだよ！　みんなが見てんのに！」

でも見られてもかまわないと、元は濡《ぬ》れた目もとを卒業証書を持った手の甲で押さえた。

「クソ真面目なくせして、肝心な時に限って暴走すんなっ」

元が責めると、「すまない」と苦しそうに謝る人。

「お前の好きな相手が勇気ではないと知って、希望を抱いた。元の気持ちを確かめるためにも、一日も早く会って自分の気持ちを伝えたかった。今すぐにでも連絡を取りたい衝動を、仕事に没頭することで抑えた」

涙を見せた元に戸惑って、正直に打ち明けてくれる人。

「今日が来るのが待ち遠しかったよ。白状すると、卒業祝いよりもこっちが目的で今日はやるべきことをすべて放り出して来たんだ」

元の気持ちを知りたがっている香山の不安が、胸に迫る。自分の答えひとつがその不安を吹き飛ばし彼を幸せにできるのだと思うと、嬉しくて堪らない。自分たちが同じ想いを抱えているとわかるから。

「俺も……」

元は流れて鼻の頭に溜《た》まった涙を拭って、ようやく言った。

「俺も好きだよ、あんたが」

「元……」

「すげー、好き」

弟じゃ嫌だ、あんたの特別にしてほしいと告げた元の頭を、もうすっかり覚えてしまった彼のあの温かな腕がふわりと引き寄せ、抱いた。


「失礼します」

「挨拶なんかいらねーよ！　みんな買い物行っていねぇんだから！」

元は早く靴を脱げと香山を急《せ》かした。腕を摑んで引っ張り上げ、背中を押して二階に向かう。

「おい？」

「早く早く！」

「元？」

落書きだらけの襖《ふすま》をスパーンと開けて、なかに入るとスパーンと閉じた。

「匠さん！」

香山にしがみつく。春の温《ぬく》もりの残ったスーツの肩に額を押しつけると、元はねだった。

「しよっ」

一瞬、何を言われたのかわからないという表情を浮かべた香山は、「なにしてもいいから」と抱きしめられ、驚いて目を見開いた。

「光司君たちが帰ってきたらどうするんだ？」

「俺がなんとかする。ってか、いずれ話すんだから、バレたっていいじゃん！」

――いや、実際は慌てまくるだろうけど。

「まだ昼間だぞ？」

「だからなんだよ！　お互いよく見えるから、その方が興奮するよ！」

「お前は……」

香山は熱い息を吐くと、悩ましげに顰《しか》めた眉間《みけん》に指を当てた。

「匠さんはしたくねーの!?　俺はしたいよ！」

元は香山を揺さぶった。

「あんたと両想いってわかったんだぞ！　男同士なのに……、どうせダメ犬はあんたに振り向いて欲しくって一生シッポ振ってるしかないんだってあきらめてたのにっ」

泣きそうな顔を覗かせ、必死に自分を見上げる元の瞳に、香山の愛《いと》しみ慈しむ情熱的な眼差しが向けられる。

「今もまだ夢かもって信じられないんだよ！　だから――――！」

ぶつけた元の想いを、香山のキスが受け止める。深くゆっくりと重ね、溢れる言葉を吸い取ってくれる。

「匠さん……」

「俺も同じだ。元が欲しい。今すぐにだ」

「匠さん！」

元は香山の腕のなかに埋まると、彼の匂いを胸のなかいっぱいに吸い込んだ。


いくらなんでも真っ裸になるのはまずいだろう。もしもの時を考えて、できるだけ今の格好をキープしようと無茶な挑戦を始めた二人だったが、その不自由さがかえって雰囲気を何だかちょっとエロいものにかえてしまった。

「援交してるサラリーマンの気分だな」

制服姿の元を組み敷いた時、チラリと戸惑いの色を浮かべた香山だが、伸びてきた手に髪を引かれると少し笑った。その微笑《ほほえ》みごと、元に軽いキスをする。

「た……くみさ……ん」

シャツの下から忍び込んできた指が、元の右の胸を悪戯《いたずら》し始めた。吉田《よしだ》のおっちゃんの部屋で同じようにされてとても気持ちよかったことを思い出すと、それだけで快感が何倍にもなってとてもじっとしていられない。

しこって小さな芽になったその場所を摘《つま》まれ転がされ、元が堪らずに必死に声を殺していると、いきなり意識が別のところへ飛んだ。ずっと放りっぱなしの、でも、実は何もされていないのに疼きっぱなしの左の乳首にいきなりキスされたからだ。それもシャツの上から！

ムズムズと味わったことのないもどかしさが、脇腹を這《は》い上がってくる。

「やだよ……それ……」

この方が服が皺《しわ》にならずにごまかしがきくだろうと香山は言ったが、

「なんかへん……」

元が訴えると、そうだなと香山も呟いた。やたら淫《みだ》らな気持ちにさせられるのは、彼も同じなのだろう。でも、やめようとはしない。

湿った布が張りつく。その上を舌が行き来するたび、声が出そうになった。

匠さん、こんなエロいことをどんな顔してやってんだろうと余計なことを考えた元は、ちょっと頭を浮かせて薄目を開けた。後悔した。そこだけ透けそうに丸く濡れたシャツが見えたと思った時には、また目を閉じてしまった。

瞼の裏に残っている。桃色の舌と、伏目になった香山の意外と睫毛《まつげ》の長い色っぽい表情と。

見たつもりはないのにしっかり記憶のなかに刻み込まれた光景がまた、元の頬を熱くした。

「……あっ」

いつの間にか堪《こら》えきれずに喘《あえ》ぎ始めている。

元は堪らず、今度は香山の耳を摘んで引っ張った。

「どうしよ……」

どうした？　と尋ね返す視線に、元は甘えて正直に答える。

「ごめん……。もう終わりそ。二度もやってる時間ねぇのに」

「では、最短コースで」

「えっ？」

また？

元は身体を起こしかける。強く抱きしめられ、低く掠《かす》れた声に「俺も同じなんだよ」と熱っぽく囁《ささや》かれると、すっかり身体の力が抜けてしまった。

最短コースなら次はあそこをこうされるんだなと、元は慌てて身構えた。

しかし、次の一瞬。

「は……っ」

またもや予想もしなかった展開に、元は思わず身を縮めていた。

香山はずるい。同じコースのはずなのに、メニューが違った。香山は制服のズボンの前を開くと、しっかり膨らんでいる元の分身に手ではなくキスで触れてきた。しかも、パンツの上から！　胸にそうしたように、直《じか》に触れてはくれなかったのだ。

二人とももう知っている。そのちょっとAVチックな行為が、お互いの興奮を煽《あお》ってどんどん理性を奪っていくことを。

今にも我を忘れて突っ走ってしまいそうなほど、相手が欲しいという気持ち。そして、同じ情熱で相手に求められているということ。その甘さを思うさま味わいたくて、二人はタガの外れかけた行為に熱中する。

布を押し上げる元を、香山のキスが辿《たど》る。時に舐《な》めたり、唇で挟んだり。やがて濡れた下着越しに、隠れた形がはっきりと浮き上がる。

「あ……、それ、マジ……ダメ……」

軽く握られ、敏感な先端を探し当てられると、たちまち極みまで追いつめられた。

「待ってよ……、匠さ……っ」

先に終わりたくないと訴えても、もう少しと香山は聞いてくれない。きっともう蜜《みつ》を溜めているに違いない鈴口を弄《いじ》られ、元の腰がうねった。

「オニ……っ！　アクマ！　あんた、やっぱサドだ！」

「かもしれないな。お前がそれを教えてくれたんだ」

「人のせいにすんなよう」

分身を強く握られ、元は呻《うめ》く。苦しいほどの快感に涙を滲ませる元を、ふいに香山が抱きしめてきた。濡れた目尻《めじり》に口づける。

「俺が自分でも手に負えないほど嫉妬《しっと》深いことを教えてくれたのも、お前だろう」

「……しっ……と？」

「お前は勇気のことが好きで、二人は両想いなのだと信じていた。嫌いだと面と向かって言われた時は、ショックだったよ。俺はともすると二人よりも年上だということも、勇気の兄だということも忘れてしまいそうなぐらい苦しかったんだ」

香山の告白は、元をとんでもなく幸福な気持ちにさせた。

たぶん、時間はもうあまりない。香山は元のズボンとパンツを片足だけ脱がせた。待ってましたと元気よく飛び出したヤンチャな分身が死ぬほど恥ずかしかったが、我慢する。香山も同じだとわかっているから。だからこそ、いつもあんなにクールな人が自分のベルトひとつ外すのにもたついているわけで——。

「たっだいまあ」

いきなり階下で士郎の元気な声がした。どやどやと皆が玄関に入ってくる音。

今にも二階に誰かが上がってきそうな気配に、二人の頭は一瞬真っ白になった。人には絶対見せられない、情けない格好で立ち上がる。

「匠さん！　こっち！」

元は香山の腕を引っ張った。幸運にも、今日は布団を干していることを思い出したのだ。その分、押し入れが空いているはず！　臨時の隠れ家の息苦しさは、とっくに体験済みの元だ。男二人で無茶なのは百も承知だが、今は緊急事態だ。

間一髪。元と香山が押し入れに転がり込んだと同時に、襖が開いた。

「ハジメちゃん、ただいま！」

省吾の声に、元の心臓は止まりそうになった。

「あれ？　いないよー？」

畳を歩き回る、小さな足音。少し間が空いて、

「きっと、そのへんフラフラしてるんだよ。今日は天気がいいから」

今度は光司の声が答えた。

「ほら、下行こう。兄ちゃんが帰ってくるまでに、急いで卒業おめでとうのご馳走の用意しちゃおう。省吾も手伝ってくれるんだろ？」

「うん！　俺ね、保育園で泥ダンゴじょうずにできたよ！」

襖の閉まる音がして、部屋には再び静けさが戻ってきた。暗闇《くらやみ》のなか、二人はそろってほーっと息を吐いた。

「心臓、いてー」

元はドッと力が抜けた。前のめりに崩れて襖に頭から突っ込みそうになったところを、香山が支えてくれる。香山は押し入れの奥にいて、ちょうど元を後ろから抱きしめている。薄暗闇のなか、みっともなく乱れた二人の息の音だけが響く。

「匠さん?」

抱きしめる力が緩むどころかじわじわと強くなっていくのに気づいて、元はピクリと背を反らした。

「元……」

「うそ? ……ここで?」

「駄目か?」

(うそ……)

いったんおとなしくなりかけた胸の鼓動に、すぐにスイッチが入った。

内心、もう無理かなーとあきらめかけていたのだ。だって、下から聞こえてくる弟たちの声は、吉田のおっちゃんのいびきの比じゃない。いつまた、誰が階段を駆け上がってくるとも限らないのだ。そもそも香山が続きをしたがるとは思えなかった。

「駄目だと言われても、もう無理だ」

想像していたのとは、正反対の台詞《せりふ》。

「このままじゃ、この部屋を出て行けない」

うなじにかかる、大好きな人の熱い息と甘い言葉。

察してくれとでもいうようにさらに強く抱きしめてくる香山に、元は思わず目を閉じていた。

彼の硬い分身が、元の剝《む》き出しのままの丘を押し上げる。

(匠さん……っ)

あんなことがあってもずっとスイッチが入りっぱなしなのが、嬉しかった。

(俺、マジ、好きになってもらえたんだ！)

そう思っただけで……、

「欲しいんだ」

囁かれただけで、現金なことに一度は縮みかけていた場所が、すぐに元気を取り戻したのがわかった。恥ずかしい。でも、すごく嬉しい。

「元……」

元の答えも待たずに、欲しい気持ちに急かされ香山の手が伸びてきた。溢れかけた元の蜜を掬《すく》った指で、今はまだしっかりと閉じている場所を少し乱暴に広げていく。

「……ああ……」

元は呻いた。

そんなところをこんなふうに可愛がられるなど、元の辞書にはなかったはずだった。香山と知り合わなければ、一生なかった。それぐらいまだ未知の、驚きの感覚が、香山の指が蠢《うごめ》く先に生まれて、あっという間に膨らんだ。

狭い場所に、淫《みだ》らに湿った音が響く。聞いているだけで、耳たぶまで熱くなる。

「……なんか……」

下腹が甘ったるく重たくなってきた。前の疼きと快感が、いつの間にか後ろにも飛び火している。かき回されたり、押されたり、抜き差しを繰り返されたりしているうちに、いったいどこが気持ちいいのかわからなくなってしまった。腰から下全部が、とろとろに溶けそうになっている。

元は、女の子の気持ちがわかった気がした。早くひとつになって、身体全部で彼氏のことを感じたいと一生懸命になる気持ちが。

「いくぞ」

いっそう呼吸を荒くしている香山に、元はくらくらする。自分を抱いている腕にしがみついた。

「あなたの……入れて」

暗闇のなか、相手の呼吸だけを頼りに二人は唇を重ねる。

「匠さんが欲しいよ」

「俺もだ」

二人は手さぐりで、天敵に追われる動物みたいに急いでひとつになろうとした。しかし、暗くて狭いうえ、二人とも着ているものがもはやどうなっているのかわからない状態で、なかなかうまくいかない。

「わっ」

いきなり目の前が明るくなって、元はびっくりした。香山が突然、襖を開け放ったからだ。自分が先に下りると、元の腕を摑んで引っ張りだす。

「見つかってもいい！」

「え？　え、え？」

「その時は俺が責任を取る！」

押し入れに向かって元を立たせ、上の段に手をつかせる。元の腰を抱えようとして、ふと、香山の荒々しい動きが止まった。

「ざまあないな」

香山は元を抱きしめ、その髪に顔を埋めた。

「思い知ったよ。俺はもう……お前にめろめろなんだな。理性もクソもない」

「匠さん……」

「たぶん、痛いぞ。一度目は酷いことをして、まだ二度目だっていうのに、今の俺はまったく気遣ってやれないんだ」

「いいよ！」

瞳を潤ませ、元は香山を見上げた。

「あんたがサドなら、俺マゾだから」

「元……」

「痛くしてくれた方がいいんだ！　あんたのものになったんだって、思い知らせてくれよ！　俺、身体で教えてもらう方が得意だよ！」

「元！」

燃えるようなキスが、こめかみに押しつけられる。

香山は元を強く引き寄せると、お前が好きだと囁いた。

彼が入ってくる。少しずつ自分のなかに。

いつ誰に見つかるかと、心臓は相変わらずバクバク走っている。でも、元は嬉しい。興奮する。こんな危険を犯してまでがっついて欲しがる自分たちは、とんでもなく幸せ者だと思うから。

そうしてその日、二人は初めて心のままにひとつになれたのだ――。

「今日は香山さんとだよね、ツーリング」

「そうだよ」

元は靴を履くと、香山にもらったお古のヘルメットを大事に抱えて立ち上がった。

「あの人のバイクに乗せてもらうんだ」

心が浮き立っているのが、自分でもわかる。見送る光司も、玉置の時とは違ってまったく心配している様子はない。

「帰りは遅くなると思うけど、いいか？」

「いいよいいよ。今日は日曜だし、ここのところ兄ちゃん、あんまり遊んでなかったでしょ」

「んじゃ、行ってくる」

「あ、ちょっと！」

ノブに手をかけた元を、光司が慌てて呼び止めた。振り返って目が合うと、光司はなぜか視線を落として眼鏡《めがね》をちょっと押し上げた。何かを躊躇《ためら》っている時の癖《くせ》だ。

「どした？」

「あのさ……」

「うん？」

「俺たち、五人も兄弟がいるんだから、誰かは結婚すると思うんだ」

「ああ？」

「そしたら、子供も生まれると思うし」

「なんの話？」

首を傾《かし》げた元は、光司が赤くなるのを見て閃《ひらめ》くように気がついた。光司が自分と香山の関係を気にかけてくれているのだと。

先週のこと。香山にせがんで抱いてもらった卒業式の日、彼は皆には会わずこっそり帰って行った。でも、よくよく考えてみると、玄関にあった香山の靴が下駄箱に片付けてあったのが不思議だった。

光司は言いたいのだろう。結婚とか孫とか、そっちはほかの四人で何とかするから、兄ちゃんは香山さんを好きになってもいいよと。

元も赤くなって、照れ隠しに何度も髪をかき上げた。それから一言、心を込めて「ありがとな」と言った。

家を出ると、前の道にすでに香山が来て待っていた。シルバーにブルーラインのボディも渋い愛車を傍らに、初めて見る香山のジーンズ姿にドキドキする。細身のライダーズジャケットが、ちょっとワルっぽくって似合っていた。

「どこ行くの？」

「少し流そうか」

短い会話にさえ、心が弾む。

いや——本当は嬉しくて胸がいっぱいで、言葉が出てこないだけ。

ずっと意地になって突っ張っていたんだなあと、今になって元は思う。母や弟たち、頼れる者はすぐそばにいたのに、一人ヒーローを気取っていた。偉そうに宣言することが許されるなら、自分はひと皮剝《む》けて少しだけ大人に近づけたと思う。まだまだガキだけど。

後ろのシートに跨がると、香山の身体に手を回す。

もう覚えてしまった心地のよい温もりが、元へと伝わる。

手に入れたのは恋人。だが、元にとってはそれ以上に大きな存在だ。父のように兄のようにこれからも甘えて頼りにしても許される、大切な人。

「匠さん……」

小さく名前を呼ぶと、香山は答える代わりに元の手に手を重ねて静かに包んでくれた。

走り出したバイクに揺られ、吹いてきた南風が二人の背を未来へと押した。

あとがき

こんにちは。池戸《いけど》です。読者の皆様、お元気ですか。

このお話が店頭に並ぶ頃には「残暑お見舞い申し上げます」ですねぇ。寒さには弱い私ですが暑さには強いため、夏はけっこう好き。青空や勢いのある雲を眺めているだけで、どこに行くわけでもないのに胸が騒ぎます。

今回のお話、二人のお兄さんが主人公です。

主人公の元《はじめ》は、いっしょに遊び回ってバカもやってくれるお兄ちゃん。

対する香山《かやま》は頭がよくて理知的で、わからないことは何でも教えてくれるお兄ちゃん。

——私自身は一番上なので、お兄ちゃんがいたらなあと幼い頃から憧《あこが》れているようなところはありました。もしかしたら元と香山は、そんな私の理想のお兄ちゃん像を背負って生まれたキャラかもしれません。

イラストの禾《みずかね》りょう先生。ありがとうございました！

今までに何度かお仕事をご一緒させていただいたことがありますが、毎作品とても素敵なキャラクターを描いてくださるので嬉《うれ》しいです。

カバーの元は、いかにも勝気そうなところが可愛いなあ。

香山はなに気なく漂ってくる寂《さび》しそうなところとか、優しそうなところとか、好きです。勇気《ゆうき》も可愛い。

勇気は前作『工事現場で逢いましょう』の主人公に似た、ちょっとぽやっとしたところのある天然ちゃんですけれど、これからは二人のお兄ちゃんに励まされ、少しずつでも大人になっていく……のかな? いえ、なんだか当初の予定よりずっと危なっかしい、放っておけないところがありすぎのキャラに育ってしまったので(笑)。

このところめっきり書くスピードが遅くなってしまった私。担当さんにもいつもながらご迷惑をかけつつ、でも励ましていただき、本当にありがとうございました。

この間、BLジャンルで小説を書かせていただくようになってどれぐらい経つのかなあと、ふと思って数えてみました。最初は雑誌から始まったので、そこまで含めると十七年目に突入していました。その間、生活環境の変化がいろいろありつつも続けてこられたのは、読者さん、そして支えてくださった編集さんや家族のおかげです。改めてありがたいことだなあと感謝の思い、しきりです。書く仕事自体はとっくに二十年越えしていることを考えると、本当に恵まれた人生です。これからは両方の仕事のバランスをとりつつ、新しい節目を作れるように頑張っていきたいと思います。

ではでは、また。皆様と次の作品でお会いできることを祈って。

池戸裕子《ゆうこ》でした。

この本を読んでのご意見、ご感想を編集部までお寄せください。

《あて先》〒105－8055　東京都港区芝大門2－2－1　徳間書店　キャラ編集部気付

「お兄さんはカテキョ」係

■初出一覧

Chara
お兄さんはカテキョ

……【キャラ文庫】

2009年8月31日　初刷

著者　池戸裕子
発行者　吉田勝彦
発行所　株式会社徳間書店
〒105-8055　東京都港区芝大門2-2-1
電話048-451-5960(販売部)
03-5403-4348(編集部)
振替00140-0-44392

印刷・製本　図書印刷株式会社
カバー・口絵　近代美術株式会社
デザイン　間中幸子
編集協力　押尾和子

ISBN978-4-19-900533-6

キャラ文庫最新刊

お兄さんはカテキョ
池戸裕子
イラスト◆汞りょう

弟妹の世話に追われる長男の元《はじめ》。高校卒業が危うくなって、後輩の兄・匠《たくみ》に家庭教師を頼むことに。厳しい匠に反発するけれど!?

恋愛私小説
榊 花月
イラスト◆小椋ムク

元天才作家・森宮《もりみや》に懐かれている川島《かわしま》。住所不定＆職業ヒモの森宮は、川島宅へ居着いた挙句、冗談めかした告白をしてきて!?

僕の好きな漫画家
佐々木禎子
イラスト◆香坂あきほ

漫画家の瞬《しゅん》のアシスタントは、年下の幼なじみ・澄夫《すみお》。恋愛に疎い瞬だけど、澄夫の「好きな人がいる」という言葉が気になって!?

春の泥
水原とほる
イラスト◆宮本佳野

両親不在の春休み。大学生の和貴《かずき》は、弟の朋《とも》貴《き》に監禁され犯されてしまう！　逃れようとするが、弟の執着に次第に溺れてゆき!?

9月新刊のお知らせ

愁堂れな［月ノ瀬探偵の華麗なる敗北］cut／亜樹良のりかず
春原いずみ［僕は天使じゃない(仮)］cut／沖 銀ジョウ
菱沢九月［小説家は誓約する 小説家は懺悔する3］cut／高久尚子
吉原理恵子［間の楔④］cut／長門サイチ

お楽しみに♡

9月26日(土)発売予定